박하꽃향기

국립중앙도서관 출판예정도서목록(CIP)

박하꽃 향기 : 임민자 수필집 / 지은이: 임민자. -- 서울 :
선우미디어, 2015
    p. ;   cm

ISBN 978-89-5658-405-8 03810 : ₩12000

한국 현대 수필[韓國現代隨筆]

814.7-KDC6
895.745-DDC23   CIP2015021462

박하꽃 향기

1판 1쇄 발행 | 2015년 8월 17일

지은이 | 임민자
발행인 | 이선우
펴낸곳 | 도서출판 선우미디어

    등록 | 1997. 8. 7 제305-2014-000020
    130-100 서울시 동대문구 장한로12길 40, 101동 203호
    ☎ 2272-3351, 3352 팩스: 2272-5540
    sunwoome@hanmail.net
    Printed in Korea ⓒ 2015. 임민자

값 12,000원

ISBN 89-5658-405-8 03810

박하꽃향기

임민자 수필집

선우미디어 sunwoomedia

나에게 주는 첫 선물

십여 년 넘도록 써 온 글을 정리하면서 지난 삶까지 되돌아보는 계기가 되었다. 희미하게 사라져 가는 기억들이 글 속에서 새록새록 살아나 다시 한 번 희비가 엇갈리게 한다.

꽃다운 시절, 고향을 떠나 철원에서 내 자식들의 태를 묻고 살아온 세월이 아까워 떠나지 못하고 있다. 또 내 황금기 같은 시절, 이곳에서 정 많은 이웃들과 부대끼며 울고 웃던 시간들이 나에게는 소중한 글감이 되었다. 봄이면 철원 들판에 넘실대는 초록 물결은 배고팠던 시절을 잊고 풍요로움을 만끽하기도 했다.

내가 지치고 힘들 때 보듬어 주던 산과 들이 내 발목을 이곳에 오래도록 묶어 두고 있다.

첫 수필집을 여러 사람 앞에 선보이려니 시집가는 새색시처럼 설렘과 부끄러움이 교차된다. 글 속에는 내 삶이 고스란히 담겨 있고, 이웃과 사랑하는 사람들의 오랜 인연의 이야기가 담겨 있다.

가슴 밑바닥에서 솟아나는 진실함을 담으려고 직접 현장을 찾아다니며 글감을 찾곤 했다.

늦은 나이에 글을 쓰게 된 것은 평생 잊지 못할 두 분 스승님의 가르침 덕이다. 불우한 사춘기 시절 문학을 통해 바른길로 인도해 주신 '고 김영규' 스승님이 계셨다. 스승님은 작고 초라한 소녀에게 '보배'라는 애칭으로 큰 용기와 희망을 북돋워주었다. 희망의 끈을 놓지 않고 불혹에 문학을 시작한 나에게 길잡이가 되어 주신 또 한 분의 스승님이 계시다. 세상 보는 시야가 좁은 나에게 첫걸음마부터 가르친 '철원의 시인 정춘근' 스승님이 등 뒤에서 묵언의 채찍질을 하고 있다. 그리고 끝까지 응원해 주는 사랑하는 가족과 친구들, 철원의 문학인들과 모을동비 회원들 또한 나에게는 큰 버팀목이다.

문학에 대한 열정으로 최선을 다하였지만 역시 어설픈 부분이 많다. 그러나 내 글을 읽고 단 한 사람이라도 용서하는 마음과 이웃을 사랑하는 따뜻한 정이 넘쳐났으면 하는 바람을 가져 본다. 또 다른 염원이 있다면 내 아들 삼 형제 가슴에 엄마의 글이 추억의 앨범처럼 오래도록 기억되길 바란다.

2015년 여름
임민자

사랑을 꽃피우려는 삶을 주제로

유혜자
수필가, 전 한국수필가협회 이사장

　컴퓨터, 스마트폰 문화가 엄청난 폭풍처럼 몰려와서 사람들의 손은 물론 생각할 틈과 공간을 빼앗아가는 세상이다. 가족끼리의 대화가 단절되고 친구도 이웃도 그립지 않은 도회에서는 문화니 교양이니 하는 것에 목말라하지 않는 이가 늘어가고 있다. 더욱이 창작하는 것에는 조금도 아쉬움을 갖지 않는다.

　우리를 위협하는 것은 생태계와 오존층의 파괴라는 외적 환경과 토양에 의해서라기보다 스스로 나의 존재를 포기하는 것이리라. 일상의 삶을 성숙해 가는 과정으로 삼고 자기를 연단하며 가꿔가는 삶, 보람을 추구하는 삶이 소중해진다.

　철원(鐵原)에 사는 임민자 작가는 남편과 더불어 세 아들을 성장시키노라 3,40대를 보낸 후, 꿈 많던 시절 꼭 해보고 싶던 문학이라는 고단한 밤기차에 몸을 실었다. 바깥은 이따금 희미한 불빛만 보일 뿐 종착역이 먼 기차의 덜커덩거리는 소리에 하나씩 둘씩 그리움이 시작된 곳, 고향과 부모님에 얽힌 추억을 찾아간다. 그녀의 문학의 시발점은 고향의 추억에서부터이다. 그 고향과 멀지 않은 곳에 또한 나의 추억이 어린 초등학교와 옛 집터가 있기에 임민자 작가의 일들이 남의 일 같지가 않았다.

내가 임민자 님을 처음 만난 것은 2009년 초여름, 철원에서 한국수필가협회 세미나와 한국수필문학상 시상식을 가졌을 때였다. 그 행사는 철원문인협회 후원이어서 임 작가가 그 지역문학회 회원들과 함께 행사장에 와서 도와주고, 떠나는 날 아침엔 회원들과 새벽에 만든 따끈따끈한 쑥개피떡을 가져왔다. 쑥향이 물씬한 떡을 먹다가 동향인 것을 알게 되어 이산가족이었던 육촌동생을 만난 것만큼이나 반가웠다. 십여 년이나 차이나는 연배여서 같은 학교에 다니지는 않았지만, 소풍지였던 봉화재나 절 등 추억의 명소에 대한 대화를 주고받을 수 있었다. 그후로 내가 〈한국수필〉에 '문화재 산책'을 연재하면서 고향 근처의 관촉사 얘기와 미내다리를 다뤘을 때 오랫동안 못 가본 고향 생각이 난다며 전화를 주었다.

우리 유년 시절에는 사진관 집이 무척 부러웠었다. 임 작가는 멋쟁이 사진관 집 딸로 태어나 어렸을 때는 아버지의 사랑을 독차지했다. 파란 대문 집, 부엌에 흰 타일 붙인 부뚜막, 장미 등 고운 꽃을 가꾼 마당과 이웃들이 무겁게 우물물을 길을 때 펌프를 놓아 남들의 부러움을 사던 유년의 기억이 글의 소중한 소재가 되었다.

"현대의 진정한 대학은 도서관이다."라고 한 영국의 평론가, 역사학자인 토마스 칼라일의 말처럼 불혹의 나이에 임 작가는 도서관을 찾아 책을 읽고 문학 강좌를 듣기 시작했다. 어렸을 때 꼭 해 보고 싶은 문학이었는데 주부를 대상으로 하는 도서관 문학 강좌에 다닐 수 있어 행복했다고 한다. 매주 화요일마다 새벽잠을 설치고 버스를 두 번이나 갈아타야 했는데도 "신선한 철원평야의 아침 공기를 만끽하는 나만의 재미가 쏠쏠" 했고, "한탄강의 철원평야에 안개가 끼는 날이면 마치 하늘을 나는 신선처럼 환상적이었다."며 문학 강좌에 가는 과정에서의 즐거움도 놓치지 않는 긍정적인 자세였다.

그녀가 사는 곳이 흙과 자연 언저리인지라 글의 원천도 나무, 꽃, 식물들과 사람, 그리고 고향, 가족들이다. 그녀의 수필들은 인정과 사랑을 바탕으로 빚어지는 미담에 가까운 글이다. 수필도 독자를 의식하는 창작물이기에 재미있게 읽고 감동을 받을 수 있는 내용이어야 한다. 임 작가의 글은 누구보다 진솔한 사랑이 담겨 있다. 사랑은 아름답다고 부르짖는 관념적인 글이 아니라 자신의 내면적 세계를 넓히고 성숙을 위해 끊임없이 노력하는 결과이기도 하고, 타고난 인정과 사랑으로 실천하는 행동이 있기에 감동이 배가된다. 계산적이고 각박한 현 세태에서 어머니처럼 보호하고 아늑하게 품어서 푸근한 고향을 느끼게 해준다. 약하고 힘없는 이들에게 위로가 되고 어둔 길의 등불이 되어주고 있다. 텃밭에 감자, 옥수수 등 채소를 가꾸고 울안에 장미, 물푸레나무까지 가꾸면서 달빛에 드리운 나뭇잎 그림자를 아끼는 임 작가는 시인이기도 하다. 가꾸기와 함께 농사짓는 이들의 애환에 동참하며 느끼는 소회를 익살스럽게 나타낸 글들은 도회인들에게 힐링을 줄 것이다.

천 냥 빚을 갚을 만큼 말을 잘하는 것도 아니고, 매년 가을 열리는 부사관 체육대회 여자들의 축구 경기에서 '바나나 킥'을 넣었던 아줌마로 한때 유명했지만, 신선놀음으로 보낸 세월이 아니었다. 애면글면 달려온 세월 속에서 회갑을 맞게 되었다. 텃밭에서 가꾼 잘 여문 감자처럼 그동안 써 모은 글들을 모아 회갑 기념으로 첫 수필집 ≪박하꽃 향기≫를 상재한다. 이 첫 번째 수필집의 표제작인 〈박하꽃 향기〉는 특별한 감회를 준다. 매정하던 어머니께서 임종과 함께 "미안하다" 말 한 마디를 남겨서 나이 쉰에야 자신을 사랑했던 어머니의 진심을 확인한다. 그리고 눈이 어두운 어머니가 더듬어 가꾸던 박하를 안기며

"어미가 세상 뜬 후 힘들고 지칠 때 박하 향기가 너희 집 안에 가득 피면 마음을 편안하게 해줄 거다."

한 것을 존중해서 박하를 가꾼다. 얼어붙었던 대동강의 얼음이 우수가 되면 풀리듯 독자도 진정한 화해의 눈물을 함께 흘릴 수 있다. 〈체험 학습장〉엔 문학회원들과 함께 힘써 가꾼 '소이산 지뢰꽃길'이 나온다. 6·25전쟁 때 격전지였고 지뢰밭이었던 곳에 꽃을 심고 가꿔 회원들의 시화(詩畵)도 걸고 문학비도 세워 놓은 곳이다. 모처럼 다니러 온 손녀들을 데리고 가며 자신의 꿈과 함께 자연학습도 시키려는 마음이 간절하다. 황무지도 개간해서 도움 되는 옥토로 가꾸려는 의지와 사랑 실천이 임 작가의 수필 밑천이다. 이렇듯 풋풋하고 생기 있는 임 작가의 글들은 진정 깊은 산골 옹달샘처럼 청량해서 지치고 무기력해진 현대인들에게 생동감을 되찾아줄 것이다. 달리기를 잘해서 일등을 차지한 어렸을 때처럼 멈추지 말고 달릴 수 있는 건강과 열정을 유지하기를 바란다.

〈우리 동네 도서관〉이란 작품 속에도 사랑이 넘치는 생활과 회원끼리의 친목, 미담 등 자화상이 담겨 있다. 회원들이 가슴과 영혼으로 창작한 작품들을 모아 동인지 ≪모을동비≫ 7집까지 출간했다. 출판 비용은 도서관에서 약간의 지원금과 회원들의 성금으로 하는데, 출판 기념행사의 시 낭송회 때는 화환이나 축하 꽃 다발 대신 쌀을 받아 힘든 이웃이나 예술가들에게 나눠 준다고 한다. 떨리는 손을 잡고 용기를 심어 준 철원의 지뢰꽃 시인, 자매 보다 더 돈독한 정을 나누는 회원들이 있는 도서관, 노년의 남은 꿈을 날갯짓하기 위해 가까이에 이사 왔다고 고백한다.

뒤늦게 문학이라는 밤기차에 몸을 실은 임 작가가 목적지에 언제 도착할 것인가 초조해하지 말고 성숙을 위한 도정에서 꾸준히 노력하고, 건강과 문운이 함께하기를 바라는 마음이다.

2015년 7월

더 넓은 세계로 힘찬 발걸음을 기대하며

정춘근
시인

"선생님, 수필집 출판해요."

이 기쁜 소식을 들으면서 15년 전에 임민자 수필가와 첫 대면한 기억이 떠오른다. 만추의 가을이 깊어 갈 무렵, 사무실 문을 두드리면서 학창시절 놓쳐 버린 문학소녀의 꿈을 찾고 싶어 용기를 냈다는 말이 아직도 생생하다. 시보다는 수필에 관심이 있다는 소리에 습작을 해오라고 했는데 며칠 뒤에 정말로 글을 써서 가지고 왔었다.

원고를 내미는데 손이 비 맞은 참새처럼 가늘게 떨고 있었다. 얼굴은 자신 없는 숙제를 검사받는 소녀의 모습이었다. 내가 원고를 읽을 때는 마음이 떨려서 그랬는지 사무실 밖으로 나가 유리창 사이로 눈치를 보고 있었다. 그런 모습에서 작가의 자질 중에 하나인 순수한 마음의 소유자임을 알 수 있었다.

원고를 읽으면서 첨삭을 한 결과 틀린 곳이 많아 온통 붉은 수

수밭 같았다. 그걸 주면서 질려서 다시는 안 올 수도 있겠다는 생각을 했는데 이틀 뒤에 고쳐 준 부분을 다시 원고지에 써서 내밀었다. 그런 정성과 끈기가 있다면 좋은 작가가 될 수 있다는 판단이 섰다. 그 이후 임민자 수필가는 수백 편이 넘는 습작을 했다. 각고의 노력 끝에 〈한국수필〉을 통해 문학소녀의 꿈을 이루었다. 지금은 한국문인협회 철원지부장을 맡아 문학의 틀을 구축하는 데 혼신의 노력을 다하고 있다. 또한 문학 불모지인 철원에서 문학동인을 결성해 올해로 10호 동인지를 발간하는 등의 문학의 씨앗을 뿌리는 일에 열성을 다하고 있는 멋진 작가이다.

그동안 지켜본 임민자 수필가는 멋진 말을 억지로 꾸미는 작가는 아니다. 군인 가족 아내로 살아온 이야기, 질곡한 삶의 이력을 보여주는 가족사 그리고 이웃을 따스한 시선으로 바라보는 이미지를 진솔하게 써 내려가고 있다. 다시 말을 하면 온몸으로 세상과 부딪쳐 살아오면서 겪었던 애환을 담담하게 담아내고 있다. 읽다보면 바로 우리들의 이야기라는 점에서 무릎을 치게 만드는 매력이 있다. 어찌됐든 본인과 문학 인연이 깊은 임민자 작가가 첫 수필작품집을 내는 것이 내 일처럼 기쁘고 설레기도 하다.

마지막으로 이번 작품집을 발간한 것에 만족하지 말고 더 넓은 세계로 힘찬 발걸음을 떼기를 바라며 다시 한 번 축하를 드린다.

2015년 7월

5부

세상에서 가장 귀한 밥상

1부

바나나킥 아줌마

선수들은 지칠 대로 지쳐 승리는 관심 없고 심판 호루라기 소리만 기다렸다. 마음속으로 경기가 끝나길 학수고대하던 찰나였다.

그때 골대 가까운 곳에 서 있던 내 앞으로 공이 또르르 굴러 왔다. 엉겁결에 공을 발 안쪽으로 밀었다. 어찌된 영문인지 공은 살살 굴러 골키퍼 다리 사이로 빠져 들어갔다.

여기저기 환호성이 터졌다. — 본문 중에서

물푸레나무

'아! 어느 화가가 그린 그림의 입체감이 저리 뛰어 날 수 있을
까.' 보름달이 눈부셔 잠에서 깨었다. 넓은 창문에 꽉 찬 물푸레나
무는 한 폭의 그림이었다. 감탄사가 절로 나왔다. 나뭇가지에 대
롱대롱 매달려 찢어진 잎사귀까지. 마치 한 폭의 수채화 같은 우
리 집의 밤 풍경이다.

우리 집에 물푸레나무와 함께 살게 된 사연은 이렇다. 오래 전
현역으로 있던 아는 사람이 화단 귀퉁이에 분재를 여러 개 갖다
놓았다. 제대를 하고 분재를 찾아가면서 화분을 서너 개 줬다.

그런데 그 분재들이 화분에 꽁꽁 갇혀 답답하다고 아우성치는
것 같아서 빨간 단풍나무만 빼놓고 모두 화단에 심었다.

소나무는 수돗가에 심어놓고 솔향기를 음미하려 했었다. 그런
데 지독한 벌레들이 생겨나서 모두 갉아 먹어 버렸다. 물푸레나무
는 베란다 앞에 심었다. 화분에 갇혀 자라지 못하던 나무가 제
세상이라도 만난 듯 땅속 깊이 뿌리 내리면서 몰라보게 쑥쑥 자랐

다. 우리가 가지치기를 잘해 준 덕인지, 아니면 분재를 선물한 주인을 닮았는지 쭉 뻗은 나무가 제법 쓸 만한 재목감이 되었다. 점점 하늘 높은 줄 모르고 자라면서 잎사귀도 무성해졌다. 물푸레나무는 삼복더위에 지친 심신을 풀어 주는 우리 집의 안식처 같은 그늘이 되었다.

한여름 거실에 누워 하늘거리는 물푸레나무를 바라보자 나뭇잎들이 마치 부채질을 해주는 것처럼 느껴졌다. 한참 바라보고 있으면 할머니 생각이 나기도 했다. 여름방학 때 한낮 더위에 외할머니의 포근한 무릎을 베고 누워 있으면 할머니는 손녀의 이마에 송골송골 맺힌 땀방울을 부채질로 씻어냈다. 살살 부쳐대는 할머니 향기에 취해 나도 모르게 스르르 잠이 들곤 했다.

해마다 봄이 오면 아무리 바빠도 물푸레나무 밑동을 헤집고 거름을 주었다. 정성을 쏟은 덕분에 이제는 도끼 자루를 할 만큼 자랐다. 물푸레나무 겉표면은 도톨도톨하고 볼품없지만 목질이 단단해 감히 벌레가 덤비지 못했다.

오늘이 물푸레나무와 마지막 밤이다. 이사를 가기 때문이다. 만감이 교차하면서 가슴을 도려낸 듯 아프다. 마지막 밤, 거실에 이불을 펴고 큰아들과 누웠다. 이 집에 이사 올 때 초등학생이었던 아들이 지금은 자식을 가진 부모가 되었다. 이 집에서 많은 추억을 쌓고 떠난다고 밤새는 줄 모르고 큰아들과 세월을 더듬어 내려갔다.

내가 이십 대 후반에 고향 언니가 곁에 살자며 집을 미리 구입해 놓았다. 물론 남편 직장도 가까이 있었다. 평수도 꽤나 넓었고 마음에 제일 들었던 건 정원 같은 텃밭이었다. 나는 이 집에 살면서 텃밭에서 야채를 골고루 가꾸어 우리 집 식단을 풍성하게 했다. 그리고 도시에서 느낄 수 없는 끈끈한 정에 흠뻑 빠져 살았다.

이곳에 집 짓기 전 이십여 년 동안은 좁고 불편한 아래채에서 살았다. 장마 때 물난리가 나 이 집을 짓고 십여 년을 살았다. 삼 형제가 코흘리개 때 이사 와 모두 결혼시켜 그 애들이 아비가 되도록 애환을 함께한 손때 묻은 자식처럼 아끼던 집이다.

집 안 곳곳 나무 한 그루, 꽃 한 송이에 온갖 정성이 다 들어 있다. 또한 땀으로 얼룩진 삼십 년 추억이 고스란히 남겨져 있다. 가슴이 메어 펑펑 울고 싶어도 자식들에게 약한 모습 보이기 싫어 입술을 꼭 깨문다. 아들의 코 고는 소리가 넓은 거실에 쩌렁쩌렁 울린다.

팔짱을 끼고 달빛에 비친 물푸레나무를 한없이 바라본다. 겨울 바람에 흔들리는 물푸레나무의 앙상한 가지가 마치 마지막 인사를 하는 것 같다.

"내가 없어도 누군가에게 그늘이 될 물푸레나무야! 이제는 안녕."

나도 혼잣말로 인사를 한다.

(2014.)

바나나킥 아줌마

　TV에서 축구경기가 한창이다. 성격이 급한 남편은 얼굴이 시뻘겋도록 소리를 고래고래 지르며 우리 팀을 응원한다. 아쉬운 찬스를 놓치면 베개를 내던지고 목이 타는지 시원한 물을 찾는다. 축구에 빠져 있는 남편 모습을 보면서 오래 전 '바나나킥'을 넣었던 생각이 났다.

　해마다 가을이면 사단에서 부사관 체육대회가 열렸다. 그날 하루 부사관들은 물론 가족들까지 맘껏 즐기는 축제의 한마당이다. 푸짐한 상품은 물론 각자 준비한 음식까지 나누어 먹으며 친목을 다지는 시간이기도 하다.

　선수로 뽑히면 인근 초등학교에 빠짐없이 각 부대 별 주부들이 모였다. 선수들에게 현역군인이 직접 나와 경기 규칙을 설명하고 승리보다는 다치지 않는 요령까지 꼼꼼히 가르친다.

　또 엄마들 축구 연습은 남자들과 달리 운동장을 반으로 줄여 발로 차는 기본기만 가르쳤다. 어차피 똑 같은 조건에서 치르는 경기라 무리한 연습은 역효과만 가져올 뿐이라고 말했다.

삼복더위에 한 달 가까이 연습하고 날이 선선해지는 초가을에 체육대회가 열렸다. 각 부대 별로 색색의 운동복만 봐도 어느 부대 소속인지 짐작이 갔다. 보병부대 선수들은 대부분 단색 유니폼을 입었다. 보병들은 나이가 지긋한 선수들이 많은 탓에 하늘색이나 흰색을 선호했다.

포병은 거의가 혈기 왕성한 젊은 부사관들로 모든 경기에서 뛰어난 실력을 보였다. 유니폼도 눈에 확 띄는 붉은색이나 흰 바탕에 빨간 테두리를 넣은 밝은 색을 경기 때마다 입고 나왔다.

오전에 개인 경기가 끝나고 오후에는 단체 경기로 체육대회를 마무리했다. 우리 연대는 남자들 경기가 하위에서 맴돌았다. 그나마 여자들 경기와 부부게임이 간신히 중위권을 지켰다. 남은 단체경기에서 남자 축구는 지고 여자 축구가 남아 있었다. 여자 축구는 운 좋게 제비뽑기에서 부전승으로 결승전만 뛰면 승리를 할 수 있었다. 그런데 하필이면 상대 팀이 우승을 장담하는 포병 선수였다. 우리 팀은 선수까지 부족해 사십 대도 많고 골키퍼는 제일 연장자로 오십 대 후반이었다. 더구나 선수들과 호흡도 맞춘 적 없는 주말부부로 늦둥이까지 둔 엄마였다.

남자들은 여자들 축구 경기에 기대는커녕 운동장에 빙 둘러 서서 골 보이 노릇이나 할 참이었다.

드디어 여자 축구 경기가 시작되었다. 나는 상대 골키퍼 가까운 위치에 있었다. 양팀 선수들은 패스는 엄두도 못 내고 공이 굴러 가면 굴러 가는 쪽으로 어린아이마냥 우르르 몰려다녔다. 마음은 모두 이팔청춘인데 몸은 따라 주지 않았다. 공이 굴러 가는 쪽을 향해 상대 선수들은 기회가 왔을 때 공을 골대를 향해 힘껏 넣어도 발힘이 부족해 번번이 실패를 했다. 또 선수끼리 패스하다 헛발질에 넘어져 웃음을 자아내기도 했다.

내리쬐는 가을볕에 선수들은 운동장 여기저기 쪼그리고 앉아 있었다. 조금만 뛰어도 숨은 목까지 차오르고 얼굴은 모두 홍당무가 되어 땀으로 범벅이었다. 선수들은 지칠 대로 지쳐 승리는 관심 없고 심판 호루라기 소리만 기다렸다. 마음속으로 경기가 끝나길 학수고대하던 찰나였다.

그때 골대 가까운 곳에 서 있던 내 앞으로 공이 또르르 굴러 왔다. 엉겁결에 공을 발 안쪽으로 밀었다. 어찌된 영문인지 공은 살살 굴러 골키퍼 다리 사이로 빠져 들어갔다.

여기저기 환호성이 터졌다. '바나나킥'이 뭔지 외치고 난리가 났다. 본부석에서 구경하던 연대 간부들까지 일어나 부둥켜안고 어쩔 줄을 몰랐다. 운동장 주위에 있던 골 보이들은 우르르 골대 앞으로 몰렸다. 나는 어안이 벙벙해 팀원들이 내미는 손만 툭툭 쳤다. 그 덕분에 우리 연대는 뜻하지 않은 준우승의 영광을 얻었다.

한동안 나는 '바나나킥'을 넣은 아줌마로 사람들 입에 오르내렸다.

지금도 축구 이야기만 나오면 나도 한때는 '바나나킥' 넣었던 아줌마라고 한껏 뽐을 낸다.

(2005. 6.)

모시 한복

　나이 아흔에 생의 끝자락을 잡고 안간힘을 쓰는 할머니와 통화하면서 가슴이 아려온다. 작은 인연으로 만난 할머니와 돈독하게 쌓아 온 정이 벌써 10년, 어머니에게 느끼지 못했던 살가운 정을 나누며 살붙이도 아닌 할머니에게 푹 빠져 살았다. 그런데 할머니가 많이 아프단다. 수많은 날을 고관절 때문에 고통받으면서도 자신의 몸보다 자식과 이웃을 배려하는 따뜻한 할머니다.

　몇 해 전 외딴 집이 적적하다는 할머니에게 강아지 한 쌍을 가지고 찾아간 적이 있었다. 반갑게 맞이하는 할머니는 낡은 서랍장을 뒤적뒤적하더니 모시 한복을 꺼냈다. 흰 저고리에 남색 치마였다. 선교사로 외국으로 다니며 봉사하는 손녀가 고국 나올 때 선물한 개량 한복이었다.

　할머니는 손때 묻을까 노심초사하며 비닐에 고이 간직한 한복을 풀어 놓았다. 그리고 내게 선물하겠다고 한다. 나는 평소 한복을 안 입는 터라 난감하여 망설였다. 한복을 내 몸에 갖다대고 고

운 치마 결을 따라 쓸어내리며 흐뭇해했다. 할머니의 구부러진 손
길이 무색할까 봐 할 수 없이 입어 봤다. 입어 보니 할머니가 원하
던 대로 맞춘 듯 몸에 딱 맞았다. 손뼉 치며 환하게 웃던 할머니는
　"아무리 좋은 옷도 목발 짚고는 편안히 입을 수 없다네. 건강한
자네가 입는다면 잘 어울릴 것 같아 주고 싶다네."
하였다. 웃음 속에 그늘진 할머니의 눈빛을 거절하지 못하고 모시
한복을 가방에 넣었다.

　할머니의 애틋한 정이 담긴 한복을 옷장 속에 잠재우다 여름철
만 되면 한번씩 꺼내 입는다. 고유의 멋이 담긴 한복을 입고 사뿐
대며 외출할까도 싶어 입어 본다. 그런데 자신이 없어 다시 옷장
속으로 밀어 넣으며 '내년 삼복더위엔 시원한 모시 한복 입고 할
머니 만나러 가야지!' 마음속으로 또 다짐을 한다.

　늘 무언가 주고 싶어 하는 할머니에게 내가 해드릴 것이 있었
다. 가을철이면 시골에서 쉽게 얻을 수 있는 무, 배추로 김장을
담가 보내 드리는 일이다. 가끔 보약처럼 즐겨 드시는 커피와 간
식도 함께 넣는다. 보내고 나면 주름진 할머니의 환한 미소가 떠
올라 한동안 마음이 뿌듯하다.

　푸근한 정을 주신 할머니는 바짝바짝 조여오는 생의 마지막 길
목에서 서성이고 있다. 가끔 전화하면 혀끝이 말려드는 음성으로
　"고마워! 하나님께 전할게, 자네의 착한 마음을…."
하고 말한다. 잘해 드린 것도 없는데 늘 미안해하는 할머니 목소
리에 목이 메어 말끝을 잇지 못한다.

"제가 명절 때 맛난 것 만들어 보낼 테니 어서 툭툭 털고 일어나세요! 올여름 모시 한복 입고 꼭 놀러 갈 게요."

내 마음은 어느새 할머니 계신 곳으로 향한다.

(2012.)

이방인

신탄리행 기차 안, 비닐 가방에 허름한 담요가 단꿈에 빠진 외국인 남자의 다리 사이로 보였다. 후텁지근한 날씨에 철 지난 물건을 가지고 가는 그 외국인의 행선지가 은근히 궁금해졌다.

'아내 심부름으로 처갓집, 아니면 자취방으로….'

남산만 한 배를 끌어안고 숨을 몰아쉬며 잠든 그의 타국에서의 삶이 애처로워 보였다. 지루한 기차 안에서 한 시간 남짓 가쁘게 숨을 내쉬며 잠든 사내. 그의 빛바랜 옷차림에 상상 속을 헤매자니 어느새 신탄리역에 도착했다.

잠에서 깬 파란 눈의 사내는 텁수룩한 수염을 쓸어내렸다. 그리고 좌석에서 일어나 나를 향해 눈을 찡긋했다. 잠자는 모습을 훔쳐본 걸 눈치 챈 것 같아 얼굴이 화끈 달아올랐다.

기차에서 내려 동송행 버스에 올랐다. 좌석은 만원이고 버스는 붕붕댔다.

차창 밖을 보니 맨 끝 줄에서 그 사내가 "동송…?" 하고 어설픈 말투로 묻자 기사는 고개를 끄덕였다. 그는 버스에 오르면서 좌석에 앉은 나를 발견하고 반가운 듯 눈웃음을 보냈다. 나도 미소로 답례를 했다. 그는 양손에 든 부피가 큰 짐 보따리를 바닥에 내려놓았다. 그리고 버스 손잡이를 꼭 잡고 주위를 두리번거렸다. 좌석을 찾다 포기한 듯 다리를 약간 벌리고 불룩한 배를 의자에 기댔다. 흔들리는 버스에서 중심을 잡으려 애쓰는 듯했다.

사내의 행동을 지켜보다가 버스 안을 둘러보니 맨 뒷좌석 한 곳이 비어 있다. 뒷좌석은 아무리 눈대중으로 맞춰 보아도 좁고 높아서 도저히 그의 육중한 몸을 비집고 들어가 앉기가 힘들어 보였다. 흔들리는 버스 안에서 사내의 몸이 파도타기 하듯 출렁거렸다. 곁눈질로 바라보다 사내의 빛바랜 옷깃을 슬쩍 잡아 당겼다. 사내는 좌석에서 일어서는 내게

"감사합니다."

하고 인사를 했다.

사내에게 자리를 내주고 뒷자리로 한 걸음 옮기는 찰나였다. 툭 튀어나온 발판에 한쪽 발이 걸려 넘어지고 말았다. 짐 보따리가 또르르 굴러서 저만치 가 있었다. 버스 안 사람들의 시선들이 나에게 집중되었다. '아이고 창피해. 어떻게 일어나지!' 아픈 건 고사하고 쥐구멍이라도 숨고 싶은 심정이었다. 고개를 푹 숙이고 아픈 다리를 질질 끌며 좁은 뒷좌석으로 파고들어가 앉아 후끈 달아오른 얼굴을 한참 동안 식혔다.

정신을 차려 보니 넘어질 때는 몰랐는데 무릎이 점점 아팠다.

사내는 뒷좌석을 자주 힐끔거리며

"미안합니다…."

하고 말했다. 차라리 모른 척해 주면 좋으련만 몸둘 바를 몰라하는 그의 태도가 더 민망했다. 슬그머니 바지를 올려 보니 벌겋게 부풀었는데 다행히 상처는 없었다. 그러나 다리가 콕콕 쑤셔 동송에 도착하도록 번갈아가며 마사지를 했다.

좌석 양보하다가 망신을 톡톡히 당하고 아픈 다리를 절뚝거리며 버스에서 내렸다. '고맙습니다…' 하는 파란 눈의 사내 목소리가 뒤통수에서 들렸다. 버스에서 내리는 순간까지도 쩔쩔매는 그에게 도리어 미안했다.

달리는 버스 안에서 망신을 톡톡히 당했던 사나웠던 일진이 그의 세 마디 인사로 일시에 다 사라졌다. 차창 밖으로 손을 흔드는 사내의 털북숭이 은빛 미소가 햇살에 반짝인다.

집에 돌아와 시퍼렇게 멍든 무릎을 파스로 도배하자 통증은 가라앉았다. 그래도 파란 눈의 이방인 남자가 코리아에 대한 서운함이 있었다면, 이번 기회에 다 사라졌으면 좋겠다는 생각을 해 본다.

(2009.)

눈 떠도 코 베어 가는 세상

동서울버스터미널을 미친 듯이 오르내리며 울고 있는 중년 여인을 물끄러미 바라봤다. 소화물 보관소 문을 열고 무언가를 확인하고 또 서럽게 울었다. 오고가는 시선은 아랑곳하지 않고 닭똥 같은 눈물을 손등으로 훔쳐 내고 있었다. 출발하려는 버스 앞으로 쫓아가더니 무언가 애걸하듯 했다. 고개를 저으며 출발하는 기사의 뒷모습을 보고 그녀는 시멘트 바닥에 털썩 주저앉았다.

차를 기다리며 그 여인에게서 눈을 떼지 못했다. 한참 헤매고 다니다 지쳤는지 주머니에서 휴지를 꺼내 눈물 콧물로 범벅이 된 얼굴을 닦았다. 무슨 까닭으로 부끄럼도 모른 채 울고 있는지 궁금했다. 혹시 차비를 잃어버렸다면 주고 싶어 말을 걸었다.

"아주머니, 무슨 일인데 그러세요?"

눈물 닦던 손을 멈추고 여인은 말했다.

몇 달째 건설 현장을 돌아다니는 남편에게 가려고 새벽잠도 설치며 동서울에 왔단다. 버스를 타려다 옆 사람에게 짐을 맡기고 화장실에 간 사이 보따리가 사라졌단다. 여인은 말을 하다 속상한지 또 소리 내어 울었다.

"아주머니, 경찰에 신고하세요. 혹시 귀한 물건인지?"

여인은 울먹거리며 말했다.

"오늘 포항에 가려고 밤을 새워 가며 남편이 좋아하는 배추김치를 담갔고, 밑반찬과 비싼 한우 불고기에다 속옷도 새것으로 준비했는데…."

사연을 듣고 있자니 헛웃음이 나왔다. 참으로 어린아이 심성처럼 맑은 여인이었다. 잃어버린 짐 보따리보다는 여인의 때묻지 않은 고귀한 마음을 훔쳐간 세상 인심이 더 고약했다.

누군지 모르지만 몇 달 만에 남편에게 가려는 애틋한 순정까지 가져간 양심이 얄미웠다. 한동안 여인 말에 맞장구를 쳐주자 마음이 풀렸는지 울음을 그쳤다.

자신이 사는 곳은 포천이란다. 가정 형편이 어려워 남편은 전국을 떠돌며 막노동을 하고 있었다. 자신도 남의 집 식당으로 농사일 품팔이까지 닥치는 대로 하다가 몇 달 만에 남편을 만나러 가는 중이라고 했다. 여인의 말을 듣고 보니 잠시나마 철부지 같다는 생각을 한 자신이 부끄러웠다. 눈물을 훔치던 여인의 구부러진 손마디가 삶의 흔적까지 말해 주는 듯했다.

우왕좌왕하다 차까지 놓쳐 버린 여인에게 기다리고 있을 남편한테 전화부터 하라고 시켰다. 그리고 내일 더 맛난 음식을 마련해 가라고 말했다. 그녀는 고개를 끄덕이며 손때 묻어 반질반질한 검은색 가방에서 꾀죄죄한 끈이 달린 전화기를 꺼냈다. 남편 목소리가 들리자 잃어버린 엄마를 찾은 아이처럼 울음을 터트렸다. 남편은 아내를 달래며 빈손으로 오라는 것 같았다. 징징대며 전화를 주고받다 눈인사를 하고는 버스 대기소로 종종걸음을 쳤다.

눈 떠도 코 베어 가는 서울 인심, 실감이 났다. 남에게는 하찮은 보따리가 여인에게는 천만금보다 소중한 물건이었으리라. 부끄러움도 모른 채 눈물 바람으로 미친 듯이 헤매는 여인의 소중한 마음을 칼로 난도질한 사람이 참으로 야속하다.

외제차에 명품 옷을 걸치고 기십만 원짜리 식사를 하는 선택받은 사람들도 많이 있다. 그을린 잿빛 얼굴에 바른 분칠이 얼룩지도록 울어대는 그녀의 행동이 철부지 같아 세상 사람들은 비웃었을지 모른다. 그러나 나는 있는 그대로 절박한 심정의 순수함에 가슴이 뭉클하여 잠시나마 그녀 말벗까지 되어 주었다. 내가 사는 곳이 가까웠더라면 그녀 남편이 즐겨 먹는 음식을 새로 장만해 꽁꽁 언 손에 들려주고 싶었다.

그는 짧은 순간이나마 친구가 되어 준 내게 해맑게 웃으며 차에 올랐다. 남편 만나러 가는 그녀가 탄 차를 배웅하는 겨울 햇살이 참 따뜻하다.

(2011.)

안사돈

온 세상이 푸른색으로 물들고 아카시아 꽃향기에 마음이 설레던 몇 년 전 늦봄이었다. 우리 부부는 큰아들 결혼 상견례를 위해 청주로 향하고 있었다.

무슨 근거 없는 자만심이었던지 그즈음 나는 아들을 잘 키웠다는 생각으로 며느릿감에 대한 기대가 하늘 높은 줄 몰랐다. 그래서 처음 인사 온 며느릿감을 탐탁지 않게 여겼지만 자식 이기는 부모가 있던가. 아들은 그 아가씨 아니면 결혼을 안 하겠다고 고집을 부렸고, 우리 부부는 마음 한편으로 잘난 내 아들이 선택한 사람이니 남다른 덕목이 있으리라는 믿음이 있었기에 승낙을 하였다.

이따금 아들이 며느리 될 아가씨의 집안에 대해 이야기할 때면 어려운 가정 형편에 홀어머니가 사 남매 바르게 키웠다고 했다. 나는 벌써부터 며느리 편든다는 생각에 심기가 뒤틀리곤 했다.

세 시간 넘게 걸리는 청주는 멀고 지루하기만 했다. 집에 도착한 우리는 예비 안사돈과 며느리가 마련한 식사를 마치고 마주 앉아 본격적으로 혼사 문제를 의논하였다.

내가 다른 집에 뒤떨어지지 않게 패물과 예단을 이야기하려는 순간 안사돈이 작은 목소리로 집안 형편을 이야기하며 양해를 구하는 게 아닌가.

가뜩이나 마지못해 상견례인데 혼수까지 어렵다는 말씀에 결혼 이야기는 없던 걸로 하자는 말이 입속을 맴돌고 있었다. 붉으락푸르락하는 내 모습을 지켜보던 안사돈은 입술을 꼭 깨물며 꺼내기 힘든 지난 삶을 이야기했다.

안사돈이 한창 살림에 재미를 느낄 나이였다. 바깥사돈은 사업 실패로 지병이 악화되어 끝내 세상을 뜨고 말았다. 통곡할 겨를도 없이 바깥사돈이 유산처럼 남긴 빚을 갚아야 했고 또 사 남매를 굶길 수 없어 생활 전선에 뛰어들어야만 했다. 혼자된 안사돈을 더욱 고통스럽게 했던 것은 사 남매를 맡길까 봐 발길까지 뚝 끊는 친척들의 냉대였다. 안사돈은 이야기 도중 주름진 눈가에 흐르는 이슬을 훔쳐냈다.

빚잔치로 살던 집과 가재도구까지 헐값에 정리하고 달동네 사글세방을 찾아 이사를 갔다. 자식이 많으면 사글세방도 못 얻을까 봐 두 아이는 친정집에 맡겨 놓고 짐을 옮긴 후 야밤에 몰래 데리고 들어왔다.

땅거미가 휘감는 늦은 저녁 시간, 노동에 지친 몸으로 언덕에 있는 집에 도착하면 삶을 포기하고 싶은 마음이 앞섰다. 그러나 눈빛이 별처럼 초롱초롱한 사 남매가 있었다. 그들은 해 질 녘까지 공동 수돗가에서 양동이와 빈 그릇에 물을 담아 놓고 엄마를 기다렸다. 이웃에서 나눠 주는 맛있는 음식을 먹지 않고 군침을 꼴깍꼴깍 삼키며 내놓는 고사리 손들을 보며 삶의 용기를 얻곤 했다.

엄마의 손길이 한창 필요한 막내아들이 사춘기로 방황을 하고 있었는데, 남매들끼리 엄마 모르게 힘을 합쳐 헤쳐나가는 지혜까지 보여 안사돈은 세상 부러울 게 없었다고 했다.

안사돈이 살아 온 험난한 삶을 전해 들으며 한순간 오만했던 내 자신이 부끄러웠다.

"사돈님이 며느리의 거울이라면 저는 더 이상 바랄 게 없습니다."

거칠고 작지만 안사돈의 보석보다 귀한 손을 꼭 잡았다.

"먹고 사는 데 급급해서 제대로 가르치지 못했습니다. 예쁘게 보살펴 주세요."

팍팍한 삶에 찌들어도 당당하게 엄마 자리를 지켜온 안사돈이 존경스러웠다. 결혼 날짜를 정하고 저녁 무렵 집으로 돌아오는 길에 예비 며느리는 아파트 주차장에서 내 눈치를 살피고 있었다. 나는 다가가서 그의 작은 어깨를 껴안아 주며 그동안 알게 모르게 냉대했던 미안함을 대신했다. 그때 내 어깨에 기대어 가늘게 떨던 그애의 몸에서 낯설지 않은 따스함이 느껴졌다.

다른 집에서는 새 며느리가 들어와 집안 화목이 깨지는 경우를 많이 보아왔다. 그런데 우리 큰며느리는 결혼한 후에 시부모를 정성으로 공경하면서 시동생들까지 친동생처럼 보살피는 집안의 복덩어리다.

남편에게 하지 못한 말을 며느리에게 이야기할 정도로 우리는 궁합이 잘 맞는다. 이제는 며느리가 아니라 세상을 다 준다 해도 바꿀 수 없는 소중한 내 자식, 내 딸이다.

외모나 겉치레보다는 집안의 화목함을 우선시하여 마음이 아름다운 여자를 고른 큰아들의 지혜로운 선택에 보람을 배로 느끼며 산다.

가끔 만날 때마다 며느리 부족함을 걱정하는 안사돈은 젊은 날 건강을 돌볼 겨를 없이 보낸 탓에 고혈압과 당뇨로 고생하신다. 하루 빨리 건강을 되찾아 자손들의 못다 한 효도를 받으며 여생을 편안하게 보냈으면 하는 바람이다.

문득 밝고 힘이 넘치는 며느리의 목소리가 듣고 싶어 수화기를 든다.

(2004.)

생쥐와 나팔바지

어제 저녁, 요양사로 가는 집 할머니 댁에 벌어진 작은 틈새로 생쥐가 들어왔단다. 그래서 창문 틈을 할머니가 테이프로 덕지덕지 붙여 놨다. 생쥐라는 말에 불현듯 옛날 생각이 나 웃음이 나왔다. 실없이 웃는 내 얼굴을 할머니는 빤히 쳐다봤다.

"할머니! 제가 재미난 이야기 해 드릴까요?"

고개를 끄덕이는 할머니는 귀를 바짝 세우고 내 곁으로 다가앉는다.

가을쯤으로 생각된다. 나팔바지가 유행했던 사춘기 시절이었다. 해만 넘어가면 세상에서 내 바지가 제일 멋진 것처럼 펄럭이며 친구들과 어울려 다녔다. 그날도 엄마의 감시를 피해 어김없이 놀러 나갔다. 초대권을 가지고 극장 구경도 하고, 친구들과 희희낙락 시간 가는 줄 몰랐다.

자정이 가까울 무렵 엄마한테 꾸중들을 생각하니 가슴이 방망이질해 댔다. 집 앞에 오니 대문은 이미 잠겨 있었다. 평소에 자주 사용하던 방법으로 구멍 난 쪽문에 손을 넣고 고리를 살짝 벗겼다. 소리가 나지 않도록 뻑뻑한 문을 살짝 들었다.

좁은 골목의 벽을 더듬더듬 집고 댓돌에 올라섰다. 아버지 코 고는 소리가 요란하게 들렸다. 가족들도 깊은 잠이 들었는지 인기척이 없다. 댓돌에 한쪽 신발을 벗고 마루에 올라서는 순간이었다. 움직이는 물체가 넓은 바짓가랑이 사이로 들어오는 감촉에 바지를 꼭 잡았다.

"엄마야! 엄마야…"

나의 비명 소리에 잠자던 가족들이 방문을 박차고 나왔다. 나는 한쪽 바짓가랑이를 잡고 방방 뛰며 고래고래 소리를 질렀다. 죽는다고 아우성치는 딸내미 목소리에 아버지는 전깃불 스위치를 찾느라 더듬적댔다. 선잠 깬 가족들은 영문을 모른 채 마루로 나왔다. 바지를 꼭 잡고 쩔쩔매며 악 쓰는 나의 행동을 본 엄마는 재빨리 내 허리에 맨 고리를 풀고 그 물체를 꽉 눌렀다.

엄마가 얼마나 세게 눌렀는지 바지를 벗자 털이 보송보송한 생쥐는 이미 죽어 있었다. 나는 등줄기에서 식은땀이 흐르고 기진맥진해 마루에 털썩 주저앉고 말았다. 엄마는 고소하다는 듯 잔소리를 늘어놓으며 머리를 여러 번 쥐어박았다. 선잠 깬 아버지는 기가 막힌 듯 허허대며 담배를 뻐끔댔다. 동생들은 낄낄대며 이불 속으로 들어갔다.

나는 끔찍한 일이 있고 난 후 한동안 외출은 삼갔다. 그리고 나팔바지도 그날로 졸업을 하고 말았다. 사춘기 시절 안 좋은 추억이 지금까지 남아 있어 통 넓은 바지는 잘 입지 않는다.

　손짓 발짓으로 톤까지 높여 가는 내 이야기에 푹 빠진 무뚝뚝한 할머니는 이야기가 끝나자 한참을 껄껄댔다.

　내가 독자에게 망신 좀 당한 것쯤 대수랴. 오늘도 관절이 이곳 저곳 쑤신다고 우울했던 할머니에게 웃음꽃 한 송이 살포시 안겨 드린 하루였다.

(2012.)

탄저병

"올해는 고추 도둑이 설친대요."

이웃집 동생이 주문한 고추 두 자루를 낑낑대며 가져온다. 유난히 긴 장마에 야채들이 망가져 호랭이 똥금인데 거기에다 농심을 울리다니, 참! 세상 인심도 고약하다.

애써 땀 흘려 가꿔 놓은 일 년 농사를 하루아침에 몽땅 쓸어가는 얌체족 때문에 겪었던 일이 생각난다. 오래 전에 이웃집 언니와 돌밭을 개간하여 고추를 심었다. 어찌나 돌이 많은지 이슬을 적시며 해 질 녘까지 밭에 나가 살았다. 고추밭에 매달리는 엄마가 안타까운지 어린 자식들까지 학교가 끝나면 밭으로 쪼르르 달려와 땀을 뻘뻘 흘리며 돌을 주워냈다.

두 가족이 봄부터 삼복더위까지 가꾸어 놓은 고추밭에는 실한 열매들이 주렁주렁 달렸다. 고생한 보람을 찾은 듯 고단한 몸을 추스르며 마냥 부풀었다. 우리 가족이 일 년 내내 양념 걱정 안 하고, 동생들과 내가 평소에 신세졌던 사람들과 나누어 먹을 수 있다는 생각에 붉어지는 고추만 보아도 웃음이 절로 나왔다. 또 잘하면 짭짤한 부수입이 된다는 생각에 힘든 줄도 모르고 일을 했다.

드넓은 밭에 탐스러운 고추가 익어 가는데, 하늘에서 심통이 났는지 밤낮으로 비가 내렸다. 밤새 퍼붓는 빗소리에 뜬눈으로 새우고 밭에 나가 보았다. 움푹움푹 파인 고랑 사이로 빗물이 가득 고여 있었다. 검은 비닐을 덮은 밭둑에는 누가 따 놓은 것처럼 붉게 익은 고추들이 힘없이 떨어져 뒹굴었다. 그래도 다행히 며칠 구름 사이로 햇살이 고개를 삐쭉 내밀었다. 물에 불어 탱탱한 고추들은 구름 사이로 내민 햇살에 맥없이 시들어 갔다.

전문적으로 고추 농사를 짓고 있는 이웃들 이야기를 들어보니 장마철에 밭고랑에 배수가 잘 안 되어 물심을 입어 생긴 병이라고 했다.

설상가상으로 잘 익은 고추는 여기저기 거뭇거뭇 색깔이 변하기 시작했다. 내가 직접 재배한 무공해 고추를 먹겠다고 약도 안 쳤는데, 노력이 한 순간 무너지고 말았다. 아무리 잎이 싱싱해도 탄저병에 걸리면 순식간에 망치고 마는 것이 고추농사였다.

드문드문 멀쩡해 보이는 고추를 골라서 따기란 쉽지 않았다. 답답한 심정에 조금이라도 건지려고 밭고랑에 앉으면 한숨이 절로 나왔다.

고추를 건조하려고 밭 한쪽에 광장처럼 만든 비닐하우스를 반도 못 채웠다. 겨우 딴 것마저도 하우스 속에서 약간씩 탄저병 있는 고추끼리 부딪치면서 금세 전염이 되니 낭패였다.

그러던 어느 날 이른 아침, 고추밭에 갔던 이웃집 언니가 허겁지겁 달려왔다. 밤새 누가 하우스에 널어 놓은 고추를 몽땅 쓸어 갔단다. 군데군데 탄저병 걸린 고추를 골라내고 김장 때 쓰려고 그렇게나 눈물 겨운 공을 들이던 고추가 아닌가. 기가 막힐 노릇이었다.

이른 봄부터 삼복더위까지 고추 농사 짓느라 손을 무리하게 사용했다. 밤만 되면 손끝이 저려 양손 모두 수술을 받아 가며 키운 귀한 고추였다. 탄저병 걸린 것도 속상한데 덤까지 안겨 주는 도둑들이 야속했다.

털썩 주저앉는 내게 이웃집 언니가

"아이고! 속상해하지 마, 김장철은 다가오고 돈벌이 못하는 사내가 마누라 성화에 못 이겨 탄저병 걸린 고추라도 갖다 주려고 했나 보지…."

하고 말했다. 나보다 몇 배 고생한 언니의 위로에 헛웃음이 나왔다.

언니 말대로 우리들보다 더 힘든 사람이 훔쳐갔다는 생각을 하니 부글부글 끓던 마음이 다소 누그러졌다. 탄저병 걸린 고추마저 밤손님에게 다 내주고 꿈에 부풀었던 나의 첫 번째 고추농사는 물거품이 되었다. 갚아야 할 농자금 걱정에 가슴은 탄저병처럼 타들어만 갔다.

그해 가을은 더욱 스산했고, 그 뒤로 농사일에서 손을 떼고 말았다.

(2012.)

옥수수

여러 날 전화를 피하는 택배 사무실로 사람을 보냈다. 아들에게 보낸 옥수수를 찾을 수 없어 욕이라도 퍼부으리라는 심정으로. 그런데 풀이 죽어 전화를 하는 사장 목소리에 화가 사르르 풀렸다.

집안일을 돕는다고 이른 봄에 큰아들이 휴가를 나왔다.

봄부터 가을까지 텃밭 곳곳에 야채라도 심으려면 부지런해야 한다. 야채뿐인가, 집 안이라도 예쁘게 꾸미려면 각종 화초도 가꿔야 한다. 앞뜰 빙 둘러 화단이 많아 사계절 볼 수 있는 꽃들을 주로 심는다. 때때로 피고 지는 꽃들이 지친 심신을 편안하게 해 주어 위로도 받는다.

봄부터 텃밭 때문에 안달하는 엄마를 위해 며느리가 제 남편을 보내준 것이다. 집에 도착하기 전에 휴가 중에 할 일을 목록별로 메모지에 적어 놓으라고 며느리가 말했다. 백지에 급한 순번대로 적었다. 비닐 씌우기부터 감자 심기, 하수도 치기…. 할 일이 열 가지가 넘었다.

매사에 일감을 주면 성실히 해내는 아들이었다. 금쪽같은 휴가를 집안일에 쓰라고 보낸 며느리도 기특했다.

오랫동안 길로 사용했던 곳에 흙을 메워 밭으로 만들었다. 해마다 넓은 길을 제초제 쳐 풀을 없애느라 고생했더니 이제는 제법 넓은 옥토가 되었다. 거름은 아들이 오기 전에 어깨가 늘어지도록 구석구석 뿌렸다. 아들은 집에 도착해 짐도 풀기 전 내미는 메모지를 받고는 '피식' 웃었다. 아들은 잔소리가 필요 없이 메모지에 적힌 목록대로 집안일을 처리해 나갔다.

새로 만든 밭에 좋아하는 옥수수를 심자고 했다. 제법 긴 이랑에 옥수수가 익으면 푸짐하게 수확할 것 같다고 했다. 상상만 해도 신이 나는지 반나절 만에 밭고랑을 반듯하게 만들어 놓고는 옥수수까지 빼곡하게 심었다. 그렇게 일주일 휴가를 엄마에게 몽땅 선물하고 아들은 제 집으로 돌아갔다.

긴 가뭄에 밤새 물을 대주고 비료까지 줘 가며 실하게 옥수수를 키우며 축 늘어진 수염이 고슬고슬 마르기만 손꼽아 기다렸다.

어느날 아침에 출근하면서 보니 이웃집은 벌써 옥수수를 수확하고 있었다. 거의 비슷한 시기에 심었다는 생각이 머리를 스쳤다. 옥수수 딸 생각을 하니 눈앞이 깜깜했다. 내 키를 훌쩍 넘는 옥수수 밭을 헤치며 들어갈 용기가 없었다. 예리한 옥수수 잎이 살에 스쳐도 가렵고 상처가 났다.

가까이 사는 동생에게 옥수수 수확할 때가 됐다고 전화했다. 일을 마치고 와 보니 싱싱한 옥수수가 현관에 가득했다.

여동생과 큰아들 몫을 똑같이 나누어 자루에 담았다. 나머지 몇 개의 껍질을 벗겨 보니 '아이고야!' 이빨처럼 가지런한 알맹이들이 덜 여물었다. 아장아장 걷는 조카딸까지 고생시키며 동생이 수확했는데…. 어쩔 수 없이 택배로 보냈다.

그것도 복이라고 동생은 택배를 받았는데, 아들은 일주일이 거의 다 되도록 옥수수를 받지 못했다고 한다. 영수증을 가지고 확인해도 어찌된 일인지 옥수수가 실종되었다. 시간이 오래되어 옥수수를 받아도 찜통더위에 먹을 수 없을 거라며 택배 아저씨가 배상해 주겠다고 했다.

아무리 무거운 물건이라도 낑낑대며 가져가는 택배 기사들이다. 또 급한 일로 외출하면서 현관에 물건을 내놓기만 하면 척척 알아서 부쳐주는 그분들이 늘 고마워 때로는 시원한 음료수로 감사를 대신한 적도 있었다. 변상해 주겠다고 연신 허리를 굽히는 택배사장에게 그동안 택배 잘 보내 줘 고맙다며 정중히 기절했다.

옥수수를 눈이 빠지게 기다릴 아들 내외에게 미안했다. 전후 사정을 설명하자 며느리는 웃음으로 화답한다.

며칠 동안 옥수수를 가지고 신경 썼더니 맥이 빠졌다. 그래도 익어 가는 옥수수가 있어 다행이다. 이번에는 잘 여문 옥수수를 따서 큰아들에게 부치고 또, 또…. 내가 먹는 것보다 자식과 동생, 이웃들이 맛있게 먹으면 내 배가 더 부르고 행복하다.

지금 솥에서 옥수수가 구수하게 익고 있다.

(2012.)

요술 상자

 텃밭에 감자를 열 포기 심어 놓았다. 이웃집 언니네 퇴비장에 버려졌던 감자씨를 주운 것이다. 기대도 하지 않았는데 지독한 가뭄을 이겨 내고 계란 크기만 한 감자가 손끝에 잡혔다. 신기했다. 감자가 먹고 싶어 다 여물지 않은 것을 캐어 냄비에 넣고 삶았다.

 입천장이 벗겨지도록 먹고 몇 개 안 남았는데…. 집에 놀러 온 둘째 며느리가 감자 상자를 현관에 내려놓았다. 얼마나 좋은지 눈이 번쩍 띄었다. 친정에서 수확한 거라며 상자를 열었다. 먹기 좋은 크기에 황금 빛깔까지 최상품이었다. 먹음직스런 감자를 껍질도 안 벗긴 채 소금만 넣고 푹 삶았다. 포슬포슬한 감자의 뽀얀 분가루를 보니 절로 군침이 나왔다.

 현관문을 열 때마다 보이는 감자 상자에 가슴이 뿌듯했다.

 이웃에 사는 김 여사가 놀러 와 찐 감자를 함께 먹었다. 맛있게 먹는 김 여사에게 나누어 주고 싶었다. 얻은 것 준다고 사양하는 손에 감자를 묵직하게 들려 보내고 나니 마음이 흐뭇했다. 그러고도 감자를 반찬과 간식으로 한동안 먹다 보니 어느새 밑바닥이 보였다.

외출에서 돌아오니 해마다 동인지를 보내는 칠순을 넘긴 분이 첫 수확한 거라며 보낸 감자가 와 있었다. 충청도에서 농사짓는 그분의 따뜻한 마음과 정성에 혼자 먹기가 아까웠다. 감자를 쪄서 요양하는 할머니에게 간식으로 가져갔더니 맛있다고 호호 불며 드시는 모습에 기분이 좋았다.

또 우리 집에 놀러 온 아는 동생에게도 애들과 쪄 먹으라고 검은 봉지에 반쯤 담아 주었다. 감자 상자가 점점 줄어도 마음만은 부자된 기분이었다.

또 사돈 집에서 내가 감자 잘 먹는 줄을 아는지 생각지 않게 둘째 며느리의 친정에서 큼직한 상자가 터지도록 보내 왔다. 사돈 부부의 땀방울로 가꾼 감자를 육 남매 챙기고 우리까지 생각하는 넉넉한 마음에 감격을 했다.

감자가 상자에 넘치자 나누어 먹을 사람 누구 없나 생각했다. 막내손녀에게 보내는 택배에 박스가 불룩하도록 덜어 넣었다. 삼복더위에 손녀 보느라 땀 흘리는 안사돈과 아기의 간식으로 보낸다고 전화로 안부도 곁들였다.

택배를 보내고 오랜만에 남동생 집에 재롱둥이 조카를 보러 갔다. 그곳에서도 감자를 캤다며 요즈음 보기 드문 돼지감자 조림용과 울퉁불퉁한 까까머리 닮은 뽀얀 감자를 손가락이 휘어지도록 담아준다.

비우면 채워지고, 채워지면 나누는…. 참으로 요술 상자처럼 신기하기만 한 올해의 감자 사연이다. 많은 감자를 쌓아 두었더라면 일 년 내내 먹을 수 있겠지만 내 손이 근질거려 그렇게 할 수가 없다.

언제부터인가 나누면 다시 채워진다는 믿음을 가지고 살게 되었다. 꽃다운 나이에 철원에 와서 인연의 고리를 놓지 않고 사는 고향 언니에게 배운 진리다.

가을이면 언니는 넓은 텃밭에 푸른 물결이 바다가 되도록 김장 배추를 심었다. 주부들의 일 년 농사인 김장철만 되면 멀리 있는 친척과 친구들 몫의 야채들이 텃밭에 골고루 가득했다. 여러 사람 몫 가운데 우리 것도 늘 챙겨 놓는 언니의 순수한 마음을 처음에는 이해할 수 없었다. 돈 받는 것도 아니고 무료로, 그것도 자신의 몸이 아파서 병원 치료까지 받으면서….

곁에서 강산이 네 번 변하는 세월을 넘다 보니 나도 이제는 언니의 속 깊은 정을 이해할 수 있었다. 엄동설한에 먹을 것 없어 누렇게 뜬 가족에게 몰래 쌀가마를 방문턱에 갖다 놓는 언니였다. 남모르게 온정을 베풀고 가슴 뿌듯하게 바라보는 언니를 곁에서 지켜보았다. 그런 언니 모습이 천사보다 더 아름다웠다.

내가 가장 힘들고 어려울 때 적금 탄 돈 오백만 원을 언니는 선뜻 내놓으며 조건 없이 나보고 쓰라고 했다. 이십오 년 전 거액의 도움을 받고 나락으로 빠졌던 내 삶을 새롭게 시작하지 않았던가.

형제보다 더 끈끈한 정을 쌓으며 이웃에서 언니와 오래도록 살고 있다. 자신만 알고 지냈던 삶이 조금은 주위를 돌아보며 살아가도록 힘을 길러 주는 언니는 내 인생의 스승이다.

(2012.)

백 살까지 살고 싶어

승강기 문이 열리자 할머니는 유치원 아이처럼 두 손을 가지런히 배에 얹고 인사를 한다.

"내 평생 잊지 않을게요."

아무것도 모른 채 떠나는 할머니의 해맑은 모습에 눈물이 앞을 가려 얼른 자리를 피하고 말았다.

마음이 울적해 누워 있으니 침대에서 할머니의 체온이 느껴지는 듯하다. 어제 이맘 때 물리치료를 받고 오니 할머니가 내 침대에 곤히 잠들어 있었다. 병실 사람들 말에 의하면 할머니는 링거 붕대를 끌고 병실마다 기웃거리며 나를 찾아다녔단다.

치매에 걸렸다고 하기엔 믿기 어려울 정도로 아흔다섯 나이에 참 곱고 예의 바른 할머니다. 젊은 시절 일본에 살았는데 여생은 고향에서 편안히 살다 뼈를 묻고 싶어 왔단다.

자손이 없던 할머니는 친척들 만류도 뿌리치고 홀로 사는 장손 조카에게 의지하고 싶었다. 평소에 행실이 고약한 조카지만 경매로 넘어가는 집까지 찾아 준 고모를 은인으로 생각할 줄 알았다. 그리고 늘 무시당하던 홀아비 조카를 마을 사람들에게 기 살려 준다고 자가용도 새로 사 주는 기분파 할머니였다.

처음에 간도 빼줄 것 같던 조카에게 전 재산을 넘겨 주고 나니 본색을 드러내기 시작했다. 갑자기 돌변해 버린 조카에게 충격받은 할머니는 치매 증세를 보이기 시작했다.

조카는 치매증세가 있는 할머니에게 먹는 것부터 시작해 매사 트집을 잡기 일쑤였다. 어떤 날은 서로 밀다툼하다가 힘없는 할머니를 방에 가두고 화장실에도 마음대로 갈 수 없게 만들었다. 이웃들은 나날이 심해지는 조카 행패를 보다 못해 '재가 센터'에 도움을 요청했다. 안타까운 사정을 전해 들은 인정 많은 원장은 할머니를 시설로 모셔 와 무료로 식사도 챙겨 주고 목욕까지 말끔히 씻겨 저녁에 보냈다.

하루도 빠짐없이 할머니를 모셔 오던 원장은 어느 날, 문을 여는 순간 깜짝 놀랐다. 방 안은 온통 피비린내로 꽉 차 있었다. 할머니 얼굴은 여기저기 시퍼렇게 멍들고 손은 찢겨져 앞자락에 피가 흥건히 고여 있었다. 그리고 할머니는 방 안 구석에 쪼그리고 앉아 벌벌 떨고 있었다.

모든 사항을 파악한 원장은 119에 신고해 할머니를 응급실로 옮겼다. 응급치료를 마친 할머니는 병실로 옮겼지만 마땅히 맡길 보호자가 없었다. 평소 재가 센터 원장과 친분이 있는 터라 같은 병원에서 일하고 있는 내게 부탁을 했다. 딱한 사정을 듣고 내 자신도 환자지만 차마 거절할 수 없었다.

　아침에 눈뜨자마자 할머니가 걱정돼 찾아갔다. 침대가 텅 비어 있었다. 밤새 불안에 떨던 할머니는 원장 엄마한테 간다고 링거도 강제로 본인이 뽑아 버렸단다. 아침에 보니 팔목이 시퍼렇게 피멍이 들어 있었다.

　간호사들은 밤새 날뛰는 할머니를 감당할 길이 없었다. 궁여지책으로 어린 아기 달래듯 뻥과자까지 손에 들려 간호사실에서 밤을 지내게 했다. 간호사실에 있던 할머니는 내가 눈에 띄자 엄마 보듯 나를 반겼다. 평소에 모셨던 어르신에게 하듯이 할머니 손등을 토닥이며 안심시켰다. 할머니는 칸막이 커튼으로 자신의 침대를 밖에서 안 보이게 하라고 손짓을 했다.

　할머니는 커튼을 막아도 안절부절못했다. 조카가 자신을 찾으면 이번에는 죽일 거라고 말하며 원장 엄마만 애타게 찾았다. 그리고 허리에 꽁꽁 동여 맨 누런 광목 끈을 내보였다. 할머니는 조카가 목매는 방법까지 알려 주었다며 손으로 시늉까지 냈다.

　아무리 치매증세가 있는 할머니지만 조카에게 폭행당한 이야기만 나오면 눈가에 물기가 어렸다. 할머니는 참으로 상상도 못할 기막힌 일들을 많이 겪었다. 오죽하면 저토록 깔끔한 분이 치매까지 왔을까, 안타까울 뿐이다.

　나는 눈만 뜨면 할머니 병실로 쪼르르 달려갔다. 수건을 물에 빨아 얼굴과 손 그리고 발까지 씻겨 드렸다. 할머니는 살갗이 닿는 부분마다 아프다고 신음소리를 냈다. 시퍼렇게 멍든 피부의 상처보다 마음이 더 아파 보였다. 다 씻긴 후 원장 엄마가 사다 놓은 우유 한 잔으로 배고프다고 투정하는 할머니 허기를 채워 주었다.

식사 때마다 병원 밥이 싱겁다고 할머니는 입맛을 쩍쩍 다셨다. 내가 준비해 간 밑반찬을 할머니 병실로 식사 때마다 날랐다. 며칠을 할머니와 있다 보니 좋아하는 간식을 알게 되었다.

내 주머니 속에 할머니가 가장 좋아하는 고소한 땅콩사탕을 가득 넣어 갔다. 주머니에서 사탕만 꺼내면 할머니는 제비새끼가 어미에게 먹이를 받아먹는 것처럼 입을 딱딱 벌렸다. 마치 할머니 모습이 천진난만한 우리 돌배기 손녀딸 모습이었다.

내 주머니 속 사탕을 기다리는 할머니, 슬며시 병실을 엿보면 코를 '드르릉' 골며 낮잠도 주무셨다. 이제는 얌전히 링거도 잘 맞는다. 나는 잠깐씩 정신줄 놓는 할머니 친구가 되지만 반복되는 말을 자주 물어보는 것만 빼고는 구구절절 옳은 말만 했다.

몸과 마음의 상처가 아물어 갈 무렵 원장은 할머니가 편히 쉴 곳을 마련해 놓고 병원을 찾았다.

"아흔다섯인데도 백 살 채우고 싶어…."

입버릇처럼 말했던 할머니의 작은 소원, 오늘 떠나는 요양원에서 이루어질 것이다. 아무것도 모른 채 원장 손잡고 아기처럼 따라가는 할머니 뒷모습이 보인다. 어쩜 우리들 미래의 자화상처럼 보여 오늘은 종일 마음이 씁쓸하다.

(2013.)

나의 사랑 남희 씨

　따뜻한 봄날 이웃집 언니와 앞산으로 산책을 갔다. 가파른 산길을 오르다 보면 양지바른 곳에 산소 한 기가 있다. 작년 장마에 잔디가 머리카락 뽑혀 나간 것처럼 여기저기 패여 있었다. 우리는 배낭 속에 넣어 간 음료와 빵을 산소 앞에 진설해 놓고 절을 했다.

　'쏴아~' 가슴에 남희 씨와의 추억이 바람처럼 밀려왔다.

　어느덧 이곳 청아골에서 산 지 이십여 년이 흘렀다. 군인 가족 신분으로 살기란 그리 녹록치 않았다. 마을 대부분 사람들이 혈연이었고, 혹여 성씨가 달라도 사돈에 팔촌의 끈이라도 있었다. 그나마 타지에서 들어온 각성바지 틈에 끼어 살았다.

　남희 씨는 우리 이웃집에 사는 고향언니와 절친한 사이였다. 둘은 서로 일손도 거들고 음식도 나눠먹는데 나까지 끼워 주었다. 시골이다 보니 부지깽이도 거든다는 농번기에 집에서 텃밭만 바라보고 있자니 이웃들 눈치가 보였다. 마지못해 처음으로 남희 씨네 일을 갔다. 사격장에 위치한 밭은 반듯하고 넓었다.

그런데 한 가지 흠이 있었다. 군인들 사격이 있는 날은 농사일을 할 수 없었다. 사격장 주변에 전답이 있는 사람들은 며칠 전부터 마을 방송 소리에 귀를 잘 기울이며 일정을 짜는데 그러지 않으면 큰 낭패를 보기 때문이었다.

그렇게 불편하게 농사를 짓지만 남희 씨네 넓은 밭에는 목돈이 되는 작물이 심겨 있었다. 고추, 수박 등등, 어느 해인가 파가 잘 되는 해는 밭에서 내려오는 남희 씨 얼굴에 웃음이 가득했다. 농사를 망치는 해에는 수심 가득한 몰골로 우리 집을 찾아와 신세한탄까지 하며 울먹였다. 비록 작은 몸집이지만 남희 씨는 마을에서 언변 좋고 정이 넘치는 사람이었다.

마을에서 잔치가 있거나 관광을 가면 남희 씨의 신명나는 춤이 일품이었다. 흘러간 옛 노래도 구성지게 잘 부르지만 곱사춤은 인기 만점으로 모두를 웃음바다로 만들었다. 그리고 남들이 부끄러워 못하는 걸쭉한 음담패설로 밭일에 지친 일꾼들에게 활력을 주기도 했다. 항상 무뚝뚝하고 퉁명스런 남편의 다정한 손길이 그리워 불만을 토로하기도 하는 남희 씨였지만 가난한 살림에 남편을 군대에 보내고 시어머니의 호된 시집살이와 많은 가족들 생계를 책임졌던 거인 같은 사람이었다.

아무리 바쁜 농사철이라도 비 오는 날은 일손이 쉬는 날이다. 비가 오면 나는 남희 씨 집으로 놀러 갔다. 나는 남희 씨 남편을 오라버니라고 부르고 있었다. 식사 때가 되면 남희 씨 남편은

"비도 오고 출출한데 수제비나 끓여…."

하고 퉁명스럽게 한 마디 툭 던진다. 남희 씨는 웃는 얼굴로 투덜대며 주방에서 밀가루를 찾는다. 구수한 멸칫국물에 큼직큼직하게 썬 감자와 얄팍한 수제비…. 싱겁게 먹는 입맛에 비해 좀 짠 것이 흠이었지만 남희 씨 만이 낼 수 있는 맛깔스러움은 요리사 뺨을 칠 수준이었다.

그런데 어느 날 며칠째 남희 씨가 밭에도 못 나가고 집에만 있었다. 머리가 띵하고 가슴이 고춧가루 뿌린 것같이 화끈거린다고 통증을 호소했다. 가까이 있는 딸과 함께 병원을 찾았는데 의사는 당장 입원하라고 했지만 그냥 집으로 왔단다. 넉넉지 못한 형편에 본인 몸보다 병원비 걱정하는 남희 씨에게 나는 입원을 권했지만 한약을 먹으면 괜찮을 것 같다고 우겨댔다.

이튿날 아침 남희 씨가 아픈 몸으로 우리 집에 왔다. 무슨 오해가 생겼는지 화를 내며 쌩하고 나갔다. 평소에 웬만한 일에 화도 안 내던 남희 씨의 갑작스런 행동에 당황했다.

남희 씨 딸이 전화를 걸어 와 황급히 달려가 보았다. 남희 씨는 우리 집에 들렀다가 경로당으로 마을 한 바퀴를 돌고 가 거실 소파에 잠자는 듯이 누워 있었다. 그러나 이미 백짓장 같은 얼굴에 뒷목이 멍이 든 것처럼 시커멓게 물들어 있었다. 친정 엄마나 다름없는 끈끈한 정을 떼기 위해 마지막으로 나를 보고 간 것 같았다.

이제는 세상에 없는 남희 씨 산소에서 함께했던 추억을 떠올리며 하늘에 떠가는 구름에게 내 마음을 전한다.

내 좋은 친구 남희 씨 안녕.

(2002.)

보랏빛 재킷

정 떼기가 참으로 힘들다. 마지막으로 해줄수 있는 것은 곱게 단장해 보내 드리는 것이었다. 따뜻한 물을 평소처럼 준비했는데 손에 힘이 쭉 빠졌다. 여느 때와 다른 행동을 눈치 챈 할머니는 시체처럼 축 늘어져 있다. 온 힘을 다해 구석구석 말끔히 씻겼다. 이마에 땀방울이 송골송골 맺혔다.

시집가는 새색시처럼 뽀얀 분첩으로 짓무르는 살결을 톡톡 쳤다. 접히는 목 부분과 겨드랑이 등. 마른 수건으로 촉촉한 머릿결을 닦아냈다. 반질반질 윤기 흐르는 머리카락에서 재스민 향이 났다.

착 가라앉은 방 안 분위기가 너무 무거워 한 마디 툭 던져 봤다.

"우리 아가씨, 너무 예쁘네….″

참았던 서러움이 한꺼번에 터져 나오는지 할머니가 내 목을 껴안고 통곡했다. 축 처진 할머니 어깨를 보듬고 아기처럼 토닥거렸다. 옆에서 지켜보던 할아버지는 잔기침을 해댔다. 입술을 꼭꼭 깨물며 억눌렀던 내 눈물이 할머니의 주름진 목덜미를 타고 흘렀다.

오늘은 할머니가 요양시설로 가는 날이다. 식사도 거른 채 눈물이 범벅된 할머니를 곁에서 차마 볼 수가 없었다. 아무리 집이 불편해도 가기 싫어하는 할머니와 보내기로 결정한 가족들 모두 힘든 날이다. 할머니를 보내기로 마음먹은 아들 내외는 할아버지만 남겨 놓고 외출했다.

할머니의 그렁그렁한 눈만 보아도 집 떠나기 싫다는 마음을 알 것 같았다. 돌아앉아 눈물 닦던 할머니, 이제는 가야 할 시간이 되었다. 나는 붙박이장에 걸어 놓은 옷가지를 고르고 있었다. 꼬깃꼬깃한 푸른 한복이 눈에 띄었다. 오래전 아들 결혼식 때 입었던 옷을 고이 모셔 둔 할머니의 애틋한 마음이 엿보였다. 외출복 할 만한 옷이 보이지 않았다. 병석에 오랫동안 있은 터라 거의 방 안에서 편히 입을 잠옷뿐이었다.

내가 요양사로 출근하면서 할아버지를 졸라 할머니에게 새 옷을 사 드렸다. 비싼 옷보다 신축성 있는 것을 골랐다. 한쪽 편마비인 할머니가 혼자서도 자유롭게 입을 수 있고, 특히 노인들이 좋아하는 색상으로 선택했다. 나는 몇 벌 더 사 놓고 구질구질한 옷은 할머니 허락을 받고 모두 버렸다. 또 옷을 갈아입힐 때마다 할머니가 직접 고를 수 있는 작은 즐거움까지 드렸다.

이 옷 저 옷 뒤적거리다 얼마 전 내가 선물한 옷이 눈에 띄었다. 며칠 전 나는 칙칙한 겨울옷을 벗고 아껴 둔 보랏빛 재킷 차림으로 할머니 집에 갔었다. 보랏빛 바탕에 흰나비가 춤추는 옷이 좋아 보였던지 할머니는 손짓을 했다.

"할머니, 이 옷 맘에 들어?"

흰나비를 어줍은 한 손으로 잡던 할머니는 옷을 확 끌어 당겼다. 할머니의 갑작스런 행동에 옷을 얼른 벗어 입혀 드렸다. 흰 피부와 어울려 보라색 재킷이 화사해 보였다. 어쩜 맞춘 듯 치수까지 딱 할머니 옷이었다.

그 옷은 특별히 받은 신물로 나도 아까워서 한두 번 밖에 입지 않은 옷이다. 그러나 할머니가 옷이 곱다고 좋아하는 모습을 모른 체할 수 없었다. 건강을 되찾아 할아버지 손잡고 봄나들이 갈 때 입으라고 할머니께 선물했다. 할머니는 어린아이처럼 옷이 닳도록 만지작대며 할아버지에게 자랑까지 했었다.

그날 얇은 티셔츠 속으로 봄바람이 시리도록 차가웠어도 할머니 웃는 모습에 마음은 훈훈했다. 그런데 그 보랏빛 재킷이 할머니의 마지막 외출복이 될 줄이야, 할머니는 복지사 등에 업혀서 생의 마지막 여행을 나섰다.

할머니 보랏빛 재킷에 붙은 나비처럼 내 마음도 하염없이 따라가고 있다.

(2013.)

피지 않는 장미

　　나는 남의 집 담장에 늘어진 붉은 장미만 봐도 아버지 향기를 맡는다. 고향 집은 어머니 손길보다 아버지의 잔잔한 정이 깃든 곳이었다. 아버지는 손재주가 뛰어나 어린 시절에도 집 안을 아기자기하게 꾸몄다.……

　　장독대 옆 작은 화단에는 여름 내내 장미꽃이 피어 은은한 장미향이 뜰 안에 가득 뿌려진 듯했다. 　　　　　　　　　　　　　　　　　　　　　　 ─본문 중에서

사랑해요

나는 자판기 일을 하다가 클럽에 물건을 사러 가끔 들른다. 클럽에서 물건을 파는 병사는 키가 크고 사춘기 소년처럼 해맑다. 그의 밝은 미소와 어눌한 목소리가 더욱 정감이 간다. 틀에 박힌 생활 속에서 가끔 만나는 내게 엄마의 정을 느끼는 듯 두 어깨에 손을 얹고

"사랑해요. 보고 싶었어요."

하며 애교 섞인 코맹맹이 소리를 낸다. 그 말투가 꼭 우리 막내 목소리로 들릴 때가 많다.

그럴 때마다 내 두 어깨를 지그시 누르는 손을 꼭 잡아주며

"그래 나도 보고 싶었어. 사랑해."

하고 애정표현을 한다. 그러면 병사의 함지박 같은 입이 벌어지며 능금 알처럼 두 볼이 붉게 물든다. 애정 표현에 익숙지 않은 내 자신도 병사와 주고받는 정감 어린 말 한마디에 동요가 된다. 그리고 여름 더위에 지친 내게 시원한 청량제처럼 피로까지 말끔히

잊게 해 준다.

객지에서 모처럼 오는 자식들이 집 안에 들어서면 나를 으스러지게 끌어안고

"엄마 사랑해."

하며 볼을 비빈다. 아들의 까칠까칠한 수염에서 아기 때 나던 젖내가 나는 듯해 넓은 등을 토닥거린다.

자주 볼 수 없는 손녀딸은 전화를 걸어 말썽부리다 제 어미에게 꾸중 들었던 일을 기친 숨을 몰아쉬며 주섬주섬 섬긴다. 그러다

"엄마 밉고, 할머니만 사랑해."

하며 금시 울음보가 터질 듯 울먹인다.

전화기 속에서 울리는 앙증맞은 손녀 목소리에 나는 곁에 있으면 꼭 안고 통통한 볼을 꼭 깨물어 주고 싶어진다.

아득한 옛날, 남편이 월남에 있을 때 밀림 속에서 써 보낸 땀으로 얼룩진 연서도 있었다. '당신을 사랑해요.' 하고 속삭이듯 써 내려 간 글에 수줍어 남몰래 얼굴 붉힌 꽃다운 시절도 있었다.

늘 살갑게 대하는 병사, 믿음직한 자식들, 눈에 넣어도 아플 것 같지 않은 손녀, 연인끼리 달콤하게 속삭이는 감정은 모두 달라도 '사랑해요'에 담긴 애틋한 정은 하나일 것이다 .

언제부터인지 반가운 사람 만나면 끌어안고 '사랑해요' 하는 말이 낯설지 않고 우리 생활에 자연스런 애정 표현으로 자리매김하고 있다.

꽃다운 시절로 돌아갈 수 있다면 떨리는 어깨를 감싸 안고 '사

랑해요' 한번쯤 고백하고 싶은 사람이라도 있었으면 좋으련만···.

'사랑해요' 단어와 친숙할 수 있도록 나도 연습을 해야겠다.

(2006.)

이사 온 박하꽃

어느 늦가을이었지요. 화단에서 십여 년 가꾸어 오던 나를 화분에 옮겨 심으며 주인은 혼자서 중얼거렸어요.

"우리 이사 가자. 땅이 꽁꽁 얼면 너를 못 데려갈 것 같아 미리 옮기는 거야."

옮겨 담는 주인 눈에서 떨어지는 이슬이 내 몸 뿌리에 맺혔지요.

원래 제 고향은 경기도였고 주인은 맹인 할머니였습니다. 할머니는 아는 분을 통해 용돈까지 주며 저를 빨간 프라스틱 그릇에 담아 왔습니다. 할머니는 양지바른 수돗가에서 정성을 다해 나를 가꾸었습니다. 이른 아침이면 할머니는 지팡이를 더듬적대며 수돗가로 세수하러 나왔지요. 씻고 난 후 손으로 흙을 만져서 말라 있으면 물을 주시곤 했지요. 그리고 그분의 딸이 있는 북쪽 하늘을 하염없이 바라보셨지요.

뿌리만 가득한 그릇에 새싹이 올라오자 할머니는 두 손으로 어루만지며 흐뭇해했지요. 저는 할머니를 위해 햇살도 먹고 물까지 흠뻑 마시며 자랐습니다.

　어느 날이었습니다. 할머니가 저를 정성껏 가꾸는 이유를 알았지요. 시골에 사는 텃밭이 있는 딸내미에게 선물하려는 것입니다. 그날 저는 싫다고 타박하는 딸의 손에 끌려 강원도까지 오게 되었답니다.

　새 주인은 넓은 화단 귀퉁이에 저를 심어 놓고 놀러오는 이웃들에게 '박하꽃'이라고 자랑했지요. 그리고 새 주인은 이 사람 저 사람에게 인심이라도 쓰듯 제 분신들을 나누어 주었어요. 저는 가슴이 조마조마했습니다.

　할머니가 애지중지한 제 분신들을 속없이 이웃에게 나누는 새로운 주인이 야속했지요. 주인은 실한 뿌리를 이웃들에게 다 주고 실낱같은 몸뚱이만 남은 저는 오가피나무 그늘에서 숨죽이며 지냈습니다. 그럴 때마다 할머니가 저를 내주면서 딸에게 하던 말이 생각났지요.

　"내가 이 세상 떠난 다음에 잎은 차로 끓여 먹어. 박하향은 화단을 가득 채워 준단다."

　분명히 함께 들었는데 주인은 무슨 연유인지 저를 오던 날로부터 호미로 구박하며 뜯어내기 시작했습니다.

　그렇게 삼 년이 지났습니다. 할머니가 돌아가셨다는 말을 들었습니다. 주인은 할머니 장례식을 치르고 와서 미친 듯이 화단을 뒤지고 다녔습니다. 저는 땅속에서 숨죽이고 있었습니다. 그동안 구박받은 것도 서럽고 속상한데 이번에는 저를 아예 캐버리려고 하는 건 아닌가 하여 조마조마하여 잔뜩 웅크리고 있었지요.

　손으로 땅속을 휘젓던 주인은 작은 새싹이 움트는 저를 발견하고 울음을 터트렸어요. '아하, 살아 있었구나.' 그날부터 주인은 저에게 거름도 주고 풀도 뽑아 주었어요. 제 옆에서 뽐내던 백합, 작약 등 아무리 아름다운 꽃도 눈에 들어오지 않나 봅니다. 오로지 '박하'인 저만 바라봤어요. 할머니 돌아가시니 주인은 이제야 정신이 들었나 봅니다.

　주인은 할머니에 대한 그리움을 〈박하꽃 향기〉로 오래 전에 글까지 썼답니다. 작년 봄에는 할머니를 생각하면서 '소이산 지뢰꽃 길'에 박하 밭도 만들었지요. 그 글 밑에 박하를 가득 심고 올봄에 거름도 뿌렸답니다. 그리고 산책하는 많은 등산객에게 '박하'라는 꽃을 알리기도 했지요.

　그분들이 눈여겨볼 때 저는 한 번씩 뽐내려고 기지개를 켜곤 합니다. 제가 장미처럼 화려하거나 눈에 들어오는 꽃은 아니시만 보랏빛 잎을 잘근잘근 씹으면 입 안 가득 퍼지는 향이 기분까지 좋아진답니다.

　이번에 주인이 새로 이사 오면서 화단에 꽉 채운 아름다운 모든 다른 꽃들은 다 남겨 두고 저만 아기처럼 안고 왔지요. 봄이 되자 주인은 화분에 담아 온 저를 햇볕이 가장 잘 드는 베란다 앞에 심었습니다. 올해는 제가 주인의 사랑을 듬뿍 받았는지 다른 해보다 실하게 꽃대를 세울 수 있었습니다.

　이제는 베란다에 주인 옷자락만 펄럭거려도 제 가슴이 설렙니다. 주인은 다른 해와 달리 곁가지가 무성하게 자란 저의 잎을 따서 차로 만들 생각을 하는 것 같습니다. 드디어 할머니 유언대로 주인이 십 년 만에 박하 차를 만들었습니다. 아침에 풀을 매면서 주인은 말합니다.

"엄마! 먼저 살던 집보다 더 가까이 보이지? 차 맛이 향긋하네…."

할머니 생전에 불효했다고 주인은 저만 보면 서러워 눈시울을 적신답니다. 저는 할머니 말대로 주인님을 위해 따뜻한 차로, 또 향기로 오래도록 새 주인과 함께할 것입니다.

어느덧 할머니 떠난 지 십 년이 흘렀습니다. 새 주인께서 돌아오는 추석엔 차례상에 향기 그윽한 박하차로 올려주실 것이라 기대합니다.

(2013.)

장 담그는 날

삼월 삼짇날에 장을 담가야 맛있다고 어머니는 늘 입버릇처럼 말했다. 그래서 어제 깨끗이 씻어 놓은 메주를 항아리에 넣고 소금물을 부었다. 소금물을 부은 후 고명으로 통고추와 대추를 동동 띄웠다. 미처 준비하지 못한 숯은 다음에 넣기로 하고 망사 천으로 항아리 입구를 여미었다.

초봄이 되면 해마다 할아버지는 등짐을 지고 장 담글 메주를 늘 가져오셨는데 한 손에는 할머니께서 정성껏 싸 주신 짚으로 엮은 계란 꾸러미까지 들고 오셨다. 아버지는 아침마다 날계란을 입으로 톡톡 깨서 맛있게 드셨다.

어머니는 할아버지가 가져온 메주를 깨끗이 씻었다. 그리고 두 동이들이 항아리에 소금물을 풀었다. 장을 다 담그면 항아리 주변에 금줄을 치고 고추와 솔가지를 매달았다. 우리 남매는 메주가 까맣게 우러난 간장을 어머니 몰래 손으로 찍어 먹었다. 그러다 어머니에게 들키면 부정 탄다고 꾸중을 맞곤 했다.

간장을 담그고 며칠 지나면 어머니는 고추장을 담갔다. 고추장 담그는 날 우리들은 손꼽아 기다렸다. 어머니는 흰 빛깔이 선명한 찹쌀을 골라 고추장을 담갔는데 손이 큰 어머니는 엿기름을 솥이 넘치도록 걸러 식혜를 안쳤다. 달콤한 식혜 먹는 재미로 턱 받치고 앉아 자리를 떠나지 않는 우리 남매들에게 어머니는 찹쌀이 덜 삭은 식혜를 한 그릇씩 담아 주곤 했다. 그렇게 먹던 식혜는 요즘 인스턴트 식품과는 비교가 되지 않을 정도로 꿀맛이었다.

우리 집 펌프 옆에 계단식 장독대에는 해를 넘긴 간장과 된장 항아리가 정갈하게 줄지어 있었다. 그런데 긴 장마가 지나면 햇빛을 못 본 장항아리가 문제였다. 그나마 고추장은 살짝 파란 곰팡이만 피는데, 된장은 관리를 잘해도 쉬파리 때문에 애를 먹었다. 어머니는 벌레가 생긴 된장에서 가시를 골라내고 콩잎을 덮었다. 어머니는 유난 떤다고 밥상머리에서 눈총을 줬지만 입이 까다로운 나는 어머니가 골라낸 벌레가 눈에 띄면 된장이 들어간 음식은 손도 안 대었다. 그것도 모르는 동생들은 어머니가 끓인 된장찌개를 맛있게 먹곤 했다.

어머니는 '여자가 결혼하면 장을 담가야 살림꾼 소리 듣는다.' 고 귀에 딱지가 앉도록 말했다. 그런 기억 때문인지 결혼해서 처음으로 콩을 한 말 사서 주인집 가마솥에 메주를 쑤었다. 가을 햇살을 따라가며 메주를 옮겨 깨끗이 말렸다. 갈색 메주를 단칸방 한쪽에 두꺼운 이불로 푹 덮어 놓았다. 메주 뜨는 퀴퀴한 냄새가 좁은 방 안에 진동했다. 남편은 옷에 냄새가 밴다고 메주를 내다

버리라고 성화를 댔다. 나는 그 소리를 무시하고 겨울 동안 꿀단지 모시듯 메주를 알맞게 띄웠다.

꽃피는 춘삼월에 드디어 내 손으로 소금을 풀어 간장을 담았다. 어머니가 하던 대로 한 달 만에 혀끝에 감치는 간장을 걸렀다. 또 노랗게 거른 된장을 항아리 속에 소복이 담았다. 보기만 해도 뿌듯하고 배가 불렀다. 그런데 부지런하지 않으면 장에 벌레가 생긴다는 걸 알고 있었다. 그래서 나이 지긋한 어른들을 찾아다니며 물어봤다. 고추씨를 곱게 갈아 된장과 버무리면 맛도 훨씬 좋고 맵기 때문에 벌레가 근접을 못한다고 했다. 오래도록 숙련된 비법이 효과가 있었다.

어른들 덕분에 나는 오랜 세월 된장 관리는 잘하고 있는 편이다. 그러나 어머니가 늘 담그던 쌀 알갱이가 톡톡 튀는 찹쌀고추장의 깊은 손맛, 아직도 그 맛을 찾지 못하고 있다. 아무리 노력해도 어머니의 장맛을 따라갈 수 없어 제일 손쉬운 엿고추장만 고집하고 있다.

오늘 저녁에는 된장찌개에 어머니에 대한 그리움을 담아 보글보글 끓여 먹어 보련다.

(2014.)

추억 여행

혼자만의 여행은 쓸쓸하지만 소중한 추억을 간직하고 돌아오기도 한다.

꽃도 피기 전 떠났던 고향 길을 걸으며 늘 꿈속에서 그렸던 아버지 일터인 사진관 간판을 찾았다. 아버지는 이층 창가를 내다보며 노란 장바구니에 점심을 챙겨 올 어린 딸을 기다렸다.

발길을 멈추고 구름 한 점 없는 하늘을 향해 내쉬는 나의 한숨 소리는 아버지가 떠난 빈 터를 맴돌고 있었다. 아버지가 일터를 오고가던 다리 난간에는 판잣집이 있었다. 한 평도 안 되는 그곳에 붕어빵 굽는 늙은 홀아비가 살고 있었다. 영화가 상영될 때를 맞추어 신문 봉투마다 가득가득 담아 놓은 노릇노릇한 붕어빵은 불티나게 팔렸다.

집으로 가는 길목에 상점들이 즐비해 있고 닷새에 한 번씩 장이 섰다. 오일 장 서는 날은 마을 잔칫날이었다. 오랜만에 만난 사람들로 선술집은 대폿잔이 넘치도록 흥청거렸다.

시장통 낡은 천막에는 노부부와 어린 삼 남매가 살고 있었다. 노부부는 무슨 깊은 사연이 있는지 시장통에 괴나리봇짐 풀어 터전을 잡았다. 노부부는 공장에서 조각난 빵을 싸게 구입해 때가 찌든 마룻바닥에 벌여 놓고 팔았다. 날이 선선해지면 그나마 빵이 팔리는데, 장마철에는 아까운 빵 조각들에 곰팡이가 푸릇푸릇 피고 있었다. 곰팡이 핀 빵으로 허기를 달래는 노부부와 어린 자식들 모습에 시장통 사람들은 혀끝을 찼다. 그렇게 몇 해 겨울을 머물렀던 노부부의 천막 있던 자리에 스산한 가을바람이 스쳤다.

시장을 벗어나니 요란한 기계 굉음이 들리고 아낙들이 분주히 움직인다. 시루떡 찌는 구수한 냄새와 더불어 김이 모락모락 피어오른다. 어린 시절에 명절 때면 이른 새벽부터 방앗간에서 줄지어 가래떡을 뽑던 기억이 아련히 떠올랐다. 어머니가 갓 빼온 따끈따끈한 가래떡을 뚝뚝 잘라 설탕을 듬뿍 묻혀 주면 그것을 꿀떡꿀떡 넘겼다. 그 맛이 새록새록 떠올라 시장기가 느껴진다.

주택이 옹기종기 모여 있는 골목에 쌀집이 보인다. 쌀집과 붙은 파란 대문도 보인다. 파란 대문이 있는 곳, 우리 가족과 사 남매의 추억과 태가 묻힌 곳이다. 아버지는 과묵하고 깔끔한 성품으로 집 안 가꾸는 취미를 가지고 있었다. 마을에 공동 우물이 있던 시절, 우리 집은 편리한 펌프를 사용했다. 온종일 햇살 눈부신 툇마루 앞 화단에 핑크빛 장미 향기가 가득 퍼지고 있었다. 우리 가족의 사계절 양식이 있는 계단식 장독대는 아버지가 손수 시멘트로 만들어 늘 깔끔하게 물청소를 했다. 계단식 장독대에 있는 반질반질 윤기 흐르는 크고 작은 항아리 속에는 할머니가 보내온 맛깔스런 비밀이 숨겨져 있었다.

아버지의 손때가 묻은 그 집에서 요리하던 아버지 모습을 아스라이 그리며 서성인다. 흰 타일로 꾸며진 부뚜막에 키 큰 남자가 앞치마를 두르고 요리하고 있다. 제비 새끼처럼 쪽문으로 머리를 내민 사 남매에게

"프라이팬에 감자 볶다 소고기 넣고…."

진지하게 설명하던 아버지 목소리가 들리는 듯하다. 그 소리가 카레 향보다 진한 고향 냄새로 다가와 코끝이 매워 발길이 떨어지지 않는다. 벌써 삼십 년이 지났지만 지금이라도 파란 대문을 활짝 열고 나를 반길 것 같은 아버지….

때 맞춰 내리는 가을비에 내 가슴은 젖고 있다.

(2006.)

아버지의 노래

고향 언덕에 이십 년째 누워 계신 아버지, 윤칠월에 선산에 있는 납골당으로 이장한다고 오빠로부터 연락이 왔다. 항상 마음속 어디엔가 살아 계실 거라는 생각을 떨칠 수 없도록 아버지의 죽음을 쉽게 받아들이지 못했다.

가끔 찾아가는 양지바른 산소에 등을 기대고 멀리 떠 있는 돛단배를 바라보며 어린 시절 아비지와 함께했던 추억을 떠올리곤 했다.

아버지는 딸이 귀한 집안의 첫딸로 나를 낳고 세상을 모두 얻은 것처럼 좋아했다. 아버지의 사업은 딸을 낳은 후 날로 번창했다. 아버지는 복덩어리라며 나를 업고 마을 어귀를 돌아다녔다. 만나는 이웃들에게 복덩어리 딸을 자랑하고 싶어 했던 아버지의 모습을 어머니로부터 여러 번 들은 기억이 있다.

읍내에서 사진관을 하셨던 아버지는 다른 자식들보다 유독 딸의 성장 과정을 오래도록 기억하고 싶어 했다. 아버지는 갓난아기 때부터 사춘기 소녀가 되도록 사진틀 속에 내 모습을 꼭꼭 담아두려고 애를 썼다.

아버지는 보릿고개로 힘들었던 시절, 모자라는 어머니 모유 대신 귀한 미제 분유를 애지중지하는 딸을 위해 아낌없이 구해 오셨던 분이었다. 가끔 일을 마치고 시장통 선술집에 들러 아버지는 막걸리 몇 사발에 거나하게 취해 오셨다. 어머니 없이 온종일 아버지를 기다리는 어린 자식들 간식을 한 아름 안고서 잠든 사 남매를 흔들어 깨웠다. 깊은 잠에서 깨어나지 못하는 자식들의 어린 볼에 아버지는 까칠까칠한 수염으로 간지럼을 태웠다. 아버지는 두 눈을 비비며 선잠 깬 사 남매를 나란히 세워 놓았다. 그리고 투박한 손으로 박수를 치고, 혀 꼬부라진 음성으로 '굳세어라 금순아~~'를 목이 터지도록 불렀다. 아버지의 노래는 음정 박자는 틀려도 가수의 노래보다 구성졌다.

아버지는 노래가 끝나면

"우리 이쁜 새끼들 창가 부르면 아버지가 푸짐한 상을 주마."
하고 말했다. 붉게 물든 눈가를 너털웃음으로 감추고 있었다. 우리는 상품과 용돈 받을 욕심으로 게슴츠레한 눈으로 흥얼거렸다. 아버지는 우리들의 모습을 보고 빙그레 웃으며 넓은 품으로 우리를 꼭 안았다.

내가 결혼하고 아버지를 얼마 동안 모시고 살았다. 자식이 많아도 의지할 곳 없는 아버지에게 사춘기 시절 가정불화 때문에 학업을 포기했던 일을 원망하고 있었다. 모진 말도 함부로 뱉어내는 철없는 딸 앞에서 지그시 두 눈을 감고 속울음을 삼켰던 아버지. 내 인생의 반이 넘도록 뼈아픈 후회를 하고 있다.

아버지는 생존해 계실 때는 여러 아들 집도 마다하고 힘들게 사는 딸집에 있었다. 넓은 텃밭과 집 안팎을 말끔히 손질해 놓기도 하였던 다정다감한 아버지였다. 남편의 도박 빚 때문에 힘들어하는 딸의 짐을 덜어 준다며 아버지는 가셨다. 마을 어귀를 돌아서는 아버지의 축 처진 두 어깨에 뿌렸던 눈물 바람이 마지막 이별이 되고 말았다.

이십 년 만에 납골당으로 모시기 위해 아버지의 유골을 뵈니 억장이 무너졌다. 조각조각 떨어져 나오는 아버지 유골 앞에 뜨거운 이슬을 주체할 수 없었다.

아버지가 평소에 즐겨 부르던 '굳세어라 금순아'로 꽃상여 만들어 마지막 가시는 길을 보내드리고 싶은 딸의 간절한 마음이다.

(2006.)

철책에 핀 희망

작년 여름, 처음으로 도서관 문학창작반에서 봉사 제의가 들어왔다. 작은 교회 전도사님이 운영하는 결손가정 아이들 학습지도였다. 회원들과 현장 답사를 했다.

학습방에는 방과 후 학원에 갈 형편이 못 되는 남녀 초등학생들이 옹기종기 모여 있었다. 정서가 불안해 보이는 아이들은 서로 부둥켜안고 몸태질을 하다 다쳐서 울었고, 학습하는 방 안은 아이들의 소지품으로 난장판이 된 채 지도교사는 난감한 표정을 지었다. 장난기로 똘똘 뭉친 아이들에게 간식과 저녁까지 챙겨 먹인 후 각자의 집으로 보내 주고 또 먼 거리 아이들은 전도사님이 승합차로 태워다 주었다.

우리 회원들은 전도사님의 설명도 듣고, 현장 답사까지 하면서 느낀 소감을 가지고 결정을 내려야 했다. 서로 의견이 달랐지만 자식 키우는 부모로서 아이들에게 조금이나마 도움이 될 수 있다면 학습지도를 하기로 결정을 내렸다.

매주 2회씩 갈 때마다 회원들은 아이들에게 줄 간식을 준비했다. 낯설어 하는 아이들에게 아이스크림이나 초코파이 등 달콤한 주전부리로 환심을 사려고 했다. 회원들은 재능봉사로 글짓기나 그림, 만들기를 함께하며 아이들과 가까워지고자 노력을 했다. 여자 아이들은 대부분 차분하게 잘 따랐다. 잘 따르는 여자아이들에 비해 대개의 남자아이들은 정신이 산만해 내 자식 같으면 군밤 몇 대씩 주고 싶었다.

남자아이 중 유독 삼 형제가 더 개구쟁이였는데 부모의 이혼으로 형과 쌍둥이 동생들을 할머니가 키우고 있었다. 어려운 살림에 학원도 제대로 보낼 수 없는 아이들을 전도사님이 데려와 가르치고 있었다. 쌍둥이 삼 형제는 장난기가 많은 데다 손발이 척척 맞아 온갖 말썽을 다 피웠다. 더군다나 형은 까칠해 회원들이 감당하기에 힘든 아이였다.

어느 날 쌍둥이 형이 그림을 그리고 있었다. 한 회원이 가까이 앉아 색칠하는 것을 도와주고 있었다. 그런데 갑자기 그 아이는 벌떡 일어나더니 '재수 없어…' 하고 화를 내며 밖으로 뛰쳐나갔다. 그 아이 곁에서 그림을 지도해 주던 회원은 갑자기 당한 일이라 말도 못하고 두 눈에 눈물이 그렁거렸다. 나는 속상해하는 회원의 어깨를 토닥이며 위로했다.

수업을 마치고 돌아오는 차 안에서 우리들은 반성하고 있었다. 반항하며 뛰쳐나간 아이와 친숙해질 수 있는 방법을 곰곰이 생각하고 있었다.

그 뒤로 봉사 갈 때마다 내 주머니에 비밀이 들어 있었다. 다른 아이들의 군것질거리보다 특이한 것을 몰래 준비해 갔다. 그리고 내가 늘 쌍둥이 형 옆에 앉았다. 아무도 모르게 쌍둥이 형 손에 준비해 간 간식을 꼭 쥐어 주었다. 처음에 눈이 휘둥그레지던 쌍둥이 형은 내가 눈을 찡긋하자 솜털이 뽀송뽀송한 얼굴이 복숭아 빛으로 물들었다. 그리고 슬며시 손에 쥐었던 초콜릿을 주머니 깊숙이 넣었다.

그 뒤로 쌍둥이 형에게 관심을 갖고 늘 처져 있는 어깨에 힘을 실어 줄 수 있는 일을 찾았다. '칭찬에는 고래도 춤춘다'고 했듯이 그애가 점점 변해 갔다. 여자아이들을 괴롭히고 학습에 집중력도 떨어졌던 아이가 어느 날부터 차분히 앉아 그림을 그리고 글까지 썼다.

그러던 어느 날 더욱 놀라운 광경이 눈에 띄었다. 학습지도가 끝나고 어지럽혀진 책상과 바닥을 그 아이가 빗자루로 쓸고 있었다. 그 모습에 전도사님은 물론 우리 회원들까지 입을 다물지 못했다. 사랑과 관심이 부족했던 그 애가 정작 원했던 건 공부보다 따뜻한 정이었던 것이다. 회원들은 해맑게 변해 가는 그 아이 모습에 뿌듯해했다.

작년 크리스마스 때 회원들은 각자 정성을 모아 예쁜 포장지로 선물 꾸러미를 쌌다. 우리를 손꼽아 기다리는 아이들에게 산타클로스가 되기로 했다. 아이들에게 선물을 안겨 주고 돌아서는 발걸음은 꽁꽁 언 철원 추위까지 녹여 주었다.

올봄 다시 만났을 때 작은 새싹들은 우리들에게 매달렸다. 부쩍 커 버린 아이들의 초롱초롱한 눈망울은 봉사하는 분들의 정성으로 보석처럼 빛났다. 늘어난 인원 수만큼 전도사님의 밝은 목소리는 자신감이 넘쳤다.

이번 주에는 늘 해 주고 싶었던 떡볶이를 회원들이 준비하기로 했다. 호호 불어 가며 맛있게 먹을 천사들을 상상하니 봉사하러 가는 날이 설렘으로 기다려진다.

'철책선 위에 핀 희망 아동센터' 아이들이 세상을 향해 활짝 날갯짓할 수 있는 날이 오리라 기대를 해 본다.

(2006.)

술버릇

　술술, 술술…. 잘도 넘어간다.

　친구와 둘이 술을 얼마나 마셔야 취하는지 실험한 적이 있었다. 맥주 아홉 병 정도를 마시니 그때부터는 입술에 젖기만 해도 술술 넘어갔다. 술이 술을 먹는다는 말이 실감 났다. 약간 취할 때는 정신이 또렷한데 목으로 술술 넘어가면 생각이 몽롱해지면서 정신도 깜빡깜빡한다. 술에 취하면 아무것도 기억 못한다는 말이 엄살인 줄 알았는데 직접 경험을 해보니 사실이었다.

　친구와 실험을 한 날 아침은 화장실을 들락거리며 눈물까지 찔끔거리며 내장까지 비워내야 했다. 그것도 모자라 병원 신세까지 지는 수난도 겪었다. 취하도록 마시고 나면 해장국을 찾는 이유도 알았다. 쓰리고 울렁거리는 속을 얼큰한 국물로 달래야 한다는 것도 경험을 통해 처음 알 수 있었다.

　그런데 술이란 참 묘한 것이다. 취하기만 하면 각양각색의 술버릇이 나온다. 기분 좋게 취하는 사람이 있는가 하면 밀밭 냄새만

풍겨도 괜스레 싸우려고 시비를 거는 이도 있다. 또 도가 넘도록 마시다 보면 알코올 중독이 되어 가족과 이웃에게까지 행패부리고 패가망신하는 사람도 여럿 보았다.

내가 처음 술을 맛보기 시작한 것은 초등학교 때로 기억이 된다. 집에 손님이 오면 노란 주전자를 들고 시장통으로 막걸리 심부름을 다녔다. 시장통 주점에는 어른 키 만한 항아리가 땅속에 묻혀 있었고 마음 후덕한 아주머니는 손잡이가 긴 나무 됫박으로 찰랑찰랑 넘치도록 주전자에 막걸리를 담아 주었다. 끼끼대며 골목길을 걸어가다 보면 주전자 주둥이로 철철 넘치는 막걸리가 어린 마음에도 아깝다는 생각이 들어 한 모금씩 마셨다. 텁텁하면서도 달짝지근한 맛에 자꾸만 입으로 갔다. 심부름 다녀온 딸의 볼 그레한 얼굴을 바라보던 아버지는

"허허~우리 딸이 담에 술꾼 되겠네!"

하시며 껄껄대셨다. 그 뒤로 달짝지근한 입맛에 맛들여 심부름 갈 때마다 노란 주전자 주둥이를 홀짝대고 다녔다.

또 아버지가 술 취해서 들어오는 날을 기다리던 아득하고 그리운 시절이 있었다. 야식 장사 외치는 소리가 골목길을 벗어날 자정 무렵, 적막한 밤공기를 타고 흥겨운 아버지 노랫가락이 들렸다. 쪽문 여는 삐거덕 소리에 숨죽이며 이불 속으로 머리를 푹 파묻었다. 술 냄새를 풀풀 풍기며 방 안에 들어서는 아버지는

"어허~ 우리 새끼들, 일어나거라."

하셨다. 부스럭 소리에 실눈을 뜨고 살짝 이불 속에서 고개를 내

밀었다. 아버지는 선물 꾸러미를 한 아름 머리맡에 내려놓고 곤히 잠든 동생들까지 흔들어 깨웠다.

아버지는 평소에 자식들에게 소문난 구두쇠였다. 용돈을 타려면 꼬치꼬치 용처를 캐물으면서 한 푼이라도 깎고 주는 아버지였다. 그런 아버지가 약주 취하는 날이면 낡은 주머니 속까지 다 털어 자식들에게 용돈을 줬다. 잠이 덜 깬 자식들은 용돈과 선물을 받기 위해 반쯤 감긴 눈으로 아버지가 시키는 대로 노래를 불렀다. 투박한 손으로 눈을 지그시 감고 손바닥이 뜨겁도록 박수치던 아버지였다. 그날 밤 아버지 눈가에 반짝이는 이슬이 지금까지 내 가슴에 새겨 있다.

내 기억 속에 술 취하면 언제나 기분 좋은 아버지 모습만 보았기에 술은 사람을 순화시키는 약인 줄만 알았다. 그런데 평소에 예의 바르고 가족들에게 따뜻한 사람이, 술만 취하면 말이 거칠어지고 기분이 나빠지는지, 술좌석에 모인 사람들과 덕담을 나누기보다는 시비를 일삼는 경우가 많다. 급기야 말하는 톤이 높아져 누가 보면 곧 피터지게 싸울 것 같은 분위기를 만들기도 한다. 또 술만 취하면 평소에 속상한 일이 생각나는 듯 부끄러운 줄 모르고 펑펑 우는 사람도 보았다. 또는 철없는 어린 자식 앞에서 아내에게 심한 폭언과 구타를 일삼는 사람도 있다.

갖가지 술버릇으로 눈살을 찌푸리게 하는 사람들, 그들은 온갖 실수는 다 해 놓고 술만 깨고 나면

"고놈의 술이 웬수…."

라며 슬쩍 마무리하려 한다. 한두 번 실수는 용납될지 몰라도 습관적으로 하는 사람은 큰 병이라 생각한다. 자신의 실수로 이웃이나 가족을 괴롭히는 사람은 신이 주신 음식을 먹을 자격이 없다고 생각한다.

술은 어른 앞에서 배워야 한다는 옛말에 따라 나는 내 자식들에게 어려서부터 술 먹는 법을 가르쳤다. 겨울방학 때 유치원에 갈 막내부터 초등학교에 다니는 큰애까지 윷놀이를 했다. 희희낙락 윷놀이에 빠지다 보면 어느새 자정 가까운 시간이 된다. 놀이를 마치면 낮에 준비한 간식과 맥주 한 병만 내놓는다. 다섯 개의 컵을 각자 앞에 갖다놓고 우리 부부의 잔에 자식들이 무릎을 꿇고 두 손으로 따르게 했다. 다음은 큰아들부터 막내까지 부모가 따라 주는 술잔을 공손히 받았다. 고개를 돌리고 처음으로 마시는 맥주의 쓴맛에 아이들은 인상을 찌푸렸다.

그래서인지 우리 자식들은 철없을 때 부모 앞에서 가르친 술버릇, 지금까지 흐트러짐 없이 잘 지키고 있다. 그런데 한 가지 실수한 것은 부모는 술이 약한데 자식들은 어려서부터 가르친 탓에 모두 술고래가 되었다는 것이다.

적당한 음주로 쌓인 스트레스나 풀고, 친구나 이웃들과 담소 나누며 화기애애한 분위기를 이끌 수 있는 음주문화가 이루어졌으면 좋겠다. 또한 술로 인하여 커나가는 아이들이 부모에게 상처받는 일이 없이 밝게 자라 주었으면 하는 바람도 해 본다.

(2011.)

박하꽃 향기

어머니가 세상 뜬 지 두 해 여름을 맞았다. 생존해 계실 때 더듬거리는 손길로 가꾼 박하를 내게 안기며 '어미가 세상 뜬 후 힘들고 지칠 때 박하 향기가 너희 집 안에 가득 피면 마음을 편안하게 해줄 거다.' 하시던 어머니 말이 떠올랐다. 곱게 핀 보랏빛 박하꽃에 방울방울 맺힌 이슬이 어머니의 마지막 눈물처럼 보였다.

한겨울, 하던 사업이 엉키면서 살얼음판 같은 날을 보내고 있었다. 올케로부터 어머니 병세가 점점 악화되고 있다는 소식을 들었다. 내 앞에 닥친 현실이 급급해 어머니 뵈러 가는 것을 차일피일 미루었다. 그러던 중 어머니의 병세가 악화되어 중환자실에 입원했다는 소식에 동생과 함께 서둘러 병실을 찾아갔다. 햇살 가득한 창가에 비친 어머니는 옛 모습은 온데간데없고 초라하게 병든 노인으로 다가왔다.

팔십 평생을 오직 전쟁통에 헤어져 생사조차 알 수 없는 첫사랑을 가슴에 안고 재혼한 분이 어머니였다. 자식들은 어머니의 희생양이 되어 단란한 가정에서 살지 못하고 부모님의 잦은 가정불화로 불안 속에 떠는 날이 많았다.

어머니는 아버지 사이에 사 남매를 낳았고 첫사랑의 유일한 선물인 유복녀까지 있었다. 부부 싸움만 하면 시도 때도 없이 가출을 일삼으며 가정생활에 안주하지 못하고 겉도는 어머니는 자식들에게 항상 차디찬 얼음이었다.

나는 사춘기 때 학업을 포기하고 살림을 하면서 마음속으로 어머니에 대한 분노와 원망을 쌓아 갔다. 내가 어린 나이에 남편을 만나 결혼한 것도 하루 빨리 지긋지긋한 집을 벗어나면 어머니와 인연이 끝나 후련할 거라는 생각에서였다.

젊은 날, 어린 자식 가슴에 상처만 안겨 주었던 어머니였다. 그렇게 냉정하던 어머니는 오십 대 중반에 녹내장으로 시력을 잃고 암흑 속에서 나를 찾았다. 원망과 미움으로 똘똘 뭉친 나는 다가오는 어머니를 뿌리치지 못하고 받아들였지만 마음 한쪽엔 풀리지 않은 응어리가 남아 있었다.

중환자실에서 올케는 주사바늘 자국으로 잿빛이 된 어머니 손등을 정성껏 닦아 주었다. 곁에서 지켜보던 여동생도 메마른 어머니 입술을 손수건으로 적시었다. 그리고 자신의 눈에서 똑똑 떨어지는 이슬방울을 주체 못하고 있었다.

가여운 여동생은 이란성 쌍둥이로 태어나 어머니의 따뜻한 품에 안겨 보지 못하고 외할머니 암죽으로 키워져 아홉 살 때부터 우리와 함께 살았다. 동생은 지금까지도 엄마라는 단어가 낯설어 부르지 못하고 있었다. 동생은 불혹의 나이에 처음으로 병든 어머니 곁에 다가가 눈물샘을 찍어내며 귓속 가까이 소곤대고 있었다. 동생의 귓속말에 어머니는 잿빛 손을 내저으며 내가 잡아 주길 원하고 있었다.

나는 선뜻 어머니 곁에 다가서지 못하고 망설였다. 희미한 기억 속에 잡아 보았던 명주실보다 부드러운 어머니 손, 그 은은한 향기가 그리워 긴긴 겨울밤 숨죽이며 두 눈이 퉁퉁 붓도록 울었던 적도 많았다. 그렇게 그리워하던 어머니 손이 나무 토막처럼 식어 가고 있었다.

마지막 생의 끝자락을 잡고 있는 어머니는 내 손에 파리한 입술로 입맞춤하며

"미안하다. 이승에서 힘들게 했던 것 저승에 가서 잘 살게 빌어 주마. 우리 딸 등에 업고 아버지 일터로 도시락 가져갈 때 제일 행복했었는데…."

하며 말끝을 흐렸다. 힘없이 꼭 잡은 내 손등에 어머니의 초점 없는 두 눈에서 조각조각 진주알이 깨어져 살갗을 찔렀다.

칠십 평생 깨질 것 같지 않았던 차디찬 얼음 조각 같은 어머니의 마음이 산산조각으로 부서지고 있었다. 어머니의 조각 난 파편들이 응어리진 내 가슴을 갈기갈기 찢어냈다. 고통을 견딜 수 없어 병실 문을 박차고 나가 봇물처럼 터지는 피눈물을 꾸역꾸역 토해 냈다.

퇴원 후, 사경을 헤매는 어머니를 찾았다. 가슴속에 엉킨 세월

을 풀어내려고 어머니의 풀기 마른 속살을 어루만졌다. 빨래판처럼 주름 잡힌 어머니의 뱃살을 생의 끝자락까지 훔쳐내듯 나는 손을 놓을 줄 몰랐다. 질긴 인연,

"미안하다."

말 한 마디에 어머니가 나를 사랑하고 있었다는 걸 내 나이 오십이 되어 알 수 있었다.

어머니는 꽃바람 날리던 날, 평생 그리던 첫사랑을 만나기 위한 준비를 했다. 더듬거리는 손으로 정성껏 마련한 양복과 눈이 부시도록 닦아 놓았던 번쩍이는 구두를 품에 안고 속세의 번뇌를 훌훌 털고 떠났다.

어머니께 다음 생이 있다면 다정한 모녀로 만날 것을 기약해 본다. 곱게 핀 박하꽃 향기가 오늘은 코끝까지 맵기만 하다.

(2007.)

사랑의 실타래

하늘도 내 마음처럼 세상을 흰 눈꽃으로 장식하던 날, 어머니 없는 친정집을 찾았다. 생전 꽃이 만발한 봄날 하늘나라에 터를 잡겠던 어머니가 흰 시트에 싸여 영안실로 가던 날, 매운 황사 바람이 불었다.

살아오면서 내가 가졌던 미움은 그리움에 뿌리 내린 서러운 꽃이었나 보다. 거실에 들어서며 어머니가 계셨던 안방에 선뜻 들어서지 못하고 안절부절못했다. 모진 딸은 끝내 어머니가 계셨던 방 앞에서 뜨거운 이슬만 닦아내고 있었다.

내 나이에 녹내장으로 빛을 잃고 세상과 담을 쌓았던 어머니는 깜깜한 방에서 실을 감고 있었다. 실 감는 모습이 베틀 짜는 직녀의 모습이었다. 아마 지금쯤 어머니는 그렇게 평생 그리워하던 첫사랑 님을 만나 사랑의 별자리를 만들고 있을 것이다.

나는 어머니를 찾을 때마다 양발에 실타래를 걸어 놓고 더듬거리며 한 올 한 올 감는 손이 청승맞게 보여 그것을 빼앗은 적이 많았다. 어머니는 지난 엉킨 인연을 실타래로 풀어내려는 듯 감고 있었다. 어머니는 다 감은 실을 내게 주며 이불 꿰맬 때 쓰라고 했다. 나는 여러 가닥 매듭 진 실을 선뜻 가져오지 못하고 보이지 않는 구석에 숨겨 놓고 오는 철부지 딸이었다.

방 안에 앉아 어머니 유품을 정리하기 시작했다. 보이지 않는 손길로 차곡차곡 간직한 물건들이 쏟아져 나왔다. 몇 백 년 살겠다고 아꼈던 속옷 속에 감추어진 실타래가 보였다. 순간 터져 나오는 서러움을 이기지 못하고 나는 통곡하고 있었다. 구박데기처럼 내던졌던 실타래를 소중한 보석인 양 가슴에 안고 온몸을 떨고 있었다. 모진 딸의 마음을 알고 있는지 탐스러운 목화 같은 함박눈이 창밖에 내리고 있었다.

어머니 유품인 패물은 동생과 올케에게 골고루 나눠 주고 어머니의 따스한 숨결이 배어 있는 실타래를 꼭꼭 챙겨 가방에 담았다. 올 설날에는 며느리들에게 실타래를 나눠주며 할머니의 사랑의 실로 깨끗한 이불 호청을 꿰매고, 남은 실로 행복의 수를 놓으며 살라고 덕담을 해 줄 것이다.

(2006.)

피지 않는 장미

휘어진 채 붉게 얼룩진 쇠말뚝에 내 마음의 장미를 심는다. 창문을 열면 땅 위에 살짝 드러난 시멘트 옹벽은 오래전 집을 지을 때 담 쌓기 위해 세운 것이다. 공사를 하면서 남편과 서로 의견이 엇갈렸다. 남편은 철망을 치자고 우겼고, 나는 넌출장미가 새집에 잘 어울릴 것 같다고 했다. 서로 우기다가 내년 봄에 장미를 심자고 약속을 했다.

나는 남의 집 담장에 늘어진 붉은 장미만 봐도 아버지 향기를 맡는다. 고향 집은 어머니 손길보다 아버지의 잔잔한 정이 깃든 곳이었다. 아버지는 손재주가 뛰어나 어린 시절에도 집 안을 아기자기하게 꾸몄다.

연탄아궁이 부뚜막은 흰 타일로 걸레질만 해도 반짝거렸다. 공동 우물을 사용하던 시절, 집 안에 펌프를 놓아 이웃들의 부러움을 사기도 했다. 앞뜰에는 시멘트로 댓돌과 이층 장독대를 펌프 옆에 만들어 언제든지 물청소할 수 있도록 했다. 장독대에는 반질반질한 항아리들이 키 높이를 맞추어 놓여 있는데 짭조름한 밑반찬부터 가족들의 일 년 먹을거리로 가득했다.

장독대 옆 작은 화단에는 여름 내내 장미꽃이 피어 은은한 장미 향이 뜰 안에 가득 뿌려진 듯했다. 이웃집 언니와 친구들은 툇마루에서 노닥거리며 핏빛으로 물든 장미를 서로 머리에 꽂아 주곤 했다. 그리고 부드러운 잎을 따 입술에 붙여 붉은 입술을 만들었다. 한창 피어나는 꽃 같은 우리들은 노을이 질 때까지 입술을 '쪽쪽' 대며 까르르까르르 웃었다. 이웃집 언니와 눈부신 장미꽃 앞에서 화려한 꽃바구니를 안은 듯 찍은 사진이 빛바랜 앨범 속에 지금도 남아 있다.

아버지는 봄이 되면 이웃집으로 넘어가는 장미 넝쿨을 가위로 손질하셨다. 가시에 손이 찔린 아버지를 향해

"아버지 손에 피가 나~. 이제 그만 해."

하고 발을 동동 구르면 아버지는 딸을 지긋이 바라보며

"우리 딸 시집가면 장미 정원 만들어 줄까나?"

하고 말했다. 그러면 나는

"정말! 꼭 약속 지킬 거지?"

하며 좋아했다. 딸에게 새끼손가락을 흔들어 보이던 아버지 얼굴에 장미꽃이 활짝 피어났다.

남편 직장을 따라 옮겨 다니다가 집 장만은 막내가 네 살 때 하게 되었다. 이사 오기 전 내 머릿속에는 장미 정원을 그리고 있었다. 집은 낡았지만 담장만은 내 뜻대로 하고 싶었다. 아쉽게

도 남편은 전 주인이 진흙으로 단단히 쌓은 돌담이 그런대로 운치 있다며 허물지 못하게 했다.

이사 오던 해에 대문 옆을 흙으로 메워 작은 화단을 만들었다. 화단에 핑크빛 장미를 심어 놓고 해마다 부드러운 꽃잎을 입술에 남몰래 붙여 가며 추억을 곱씹고 있었다. 장미가 제법 살이 올라 통통해지자 남편은 개구쟁이들이 가시에 찔린다고 걱정을 했다.

살던 집을 허물고 새집으로 이사 오면서 약속했던 꿈은 십여 년이 지나도 지켜지지 않는다. 아직도 꽃이 피지 않는 울타리에 내 꿈의 장미를 심는다. 흐드러진 장미 넝쿨을 손질했던 아버지 추억과 함께….

(2011.)

웃는 연습

지뢰꽃길에 꽃을 심고 있었다. 뒤늦게 헐레벌떡 도착한 회원이 모른 척한다고 서운해했다. 일하느라 미처 보지 못했는데 허겁지겁 흙범벅이 된 장갑을 벗고 악수를 청했다. 그리고 포근히 안아 주었다. 그녀는 오해를 푼 기념으로 인증 사진 찍자고 스마트 폰을 꺼냈다.

"언니! 김치~."

아무리 웃고 싶어도 웃음이 나오지 않았다. 회원은 웃으라고 했지만 웃음 근육 세포가 퇴화된 것같이 어색하기만 하다.

나는 웃음이 많았다. 젊은 시절엔 온종일 남의 집 품팔이를 마치고 돌아와 집 안을 청소해 놓고 자식들을 기다리면서 마음이 뿌듯해 웃음이 절로 나왔다. 이웃에게도 잘 웃어 주고 농담도 서슴없이 받아 줘서 나이 지긋한 어르신들은 농번기가 끝나면 나를 불렀다. 마을 어른들과 어울려 국수 내기 화투를 치며 지루한 겨울밤을 보냈다. 내기 화투가 끝나면 쫄깃쫄깃한 면발을 살얼음이 동동 뜬 동치미 국물에 말아 먹었다.

뜨끈뜨끈 군불 지핀 방에 빙 둘러앉아 먹던 사이다 같은 그 맛은 지금 생각만으로도 군침이 흐른다. 마을 어른들과 방 안이 들썩이도록 내기 화투에 맘껏 웃던 소리가 세월이 흘러도 그립다.

또 부녀회 일을 오랫동안 보면서 나이 드신 어르신들의 경로당 관광에도 꼭 따라갔다. 항상 잘 웃어 마을 사람들에게 '방글이'라는 별명으로 통했다. 나름대로 별명 값을 한 것이다. 아무리 힘든 일이 있어도 가까운 이웃조차 전혀 눈치 못 채게 살았다.

언제부터 그렇게 넘치던 웃음기가 사라지고 무표정이 되었는지 지난 시간을 돌이켜 봤다. 웃음을 훔쳐 간 것은 내 글의 소재였다. 글에 빠져들면서 주변 사람들의 희로애락에 깊은 관심을 갖게 되었다. 스치는 인연들의 구구절절한 사연에 마치 내가 주인공인 것처럼 착각에 빠졌다. 그리고 소재에 따라 글이 완성되기까지 우울한 감정과 들뜬 마음에 사로잡혔다. 내 주변에서 벌어지는 크고 작은 사건들도 웃음을 잃게 한 공범으로 한 몫을 단단히 하고 있었다.

옛날부터 슬픔을 이야기하면 불행이 생긴다고 했다. 60년대 최고의 인기를 누리던 국민 가수 배호가 슬픈 노래를 부르다 비극적으로 생을 마감했다. 또 〈낙엽 따라 가버린 사랑〉을 부른 차중락과 엘비스 프레슬리가 노래 가사대로 요절을 했다. 이런 생각에 이르자 정신이 번쩍 났다. 그래서 요즈음은 내가 가장 좋아하는 배호 노래 듣는 것을 자제하고 있다.

거울 속에 내 모습을 비춰 봤다. 초라한 여자가 낯설어 보였다. 움푹 들어간 볼살과 자글자글한 잔주름들. 메마른 입술을 씰룩거리다 나는 깔깔 댔다. 아무리 소리 내어 웃어도 어색하다. 이제는 내 얼굴에 맞는 웃음을 찾아야 할 것 같다. 수다스런 웃음보다 내면에서 피어나는 작은 안개꽃처럼 자연스런 미소가 어울릴 것 같다.

(2014.)

사모곡

아침에 눈을 뜨니 남편이 부르는 소리가 들린다. 어디가 아픈지 가슴이 덜컥 내려앉아 재빨리 침대 방으로 갔다. 남편의 안색부터 살폈다. 남편은 잠에서 깨어난 듯

"오늘이 어머니 기일인가 봐. 꿈속에서….”

하며 이야기하는데 그 목소리가 곧 울음이 터질 것만 같았다.

남편은 가을만 되면 돌아가신 어머니를 그리워하는 속앓이를 한다. 낙엽이 떨어지고 바람이 불던 아홉 살 가을, 어린 나이지만 어머니가 돌아가신 걸 남편은 또렷이 기억을 한다. 어린 나이에 돌아가신 탓에 날짜를 기억하지 못하는 남편은 산소 이장한 날을 제삿날로 정해 지내고 있다.

울적해하는 남편에게 산소에 가자고 졸랐다. 간단한 제사 음식을 마련하는데 힘들게 살아온 남편의 삶이 나를 짓눌렀다. 나와 결혼하고 부모님 산소를 예전에 피난민 수용소가 있던 원주 사제리에서 집과 가까운 공원묘지로 이장했다.

남편은 1·4후퇴 때 부모님이 월남을 하였다. 아버지는 월남 후 병환으로 돌아가시고, 아홉 살 때 어머니마저 어린 자식을 두고 이승을 떠났다.

어머니가 돌아가시자 남편은 이 집 저 집 떠돌다 고아원으로 가게 되었다. 남편은 전쟁고아들 틈에서 배고픔과 추위를 이기지 못하고 먹을 것만 찾았다. 배고픔에 굶주린 채 창고에 쌓인 구제품을 고아들과 훔쳐 먹다 들키는 날이면 죽도록 매를 맞았다. 또 매를 맞다가 빌거벗은 채로 쓰레기처럼 내팽개쳐지기도 했다. 그래도 악착같이 살겠다고 발버둥쳤다. 힘들 때마다 어머니와 함께했던 즐거운 시절을 가슴에 새기며 참고 견뎠다.

어머니는 강인한 함경도 분이셨다. 고향에 두고 온 자식 걱정에 밤을 지새우는 날이 많았다. 그래도 곁에서 새근새근 잠든 어린 자식에게 한 가닥 희망을 걸고 살았다. 어머니는 십여 리 등굣길을 하루도 빠짐없이 아들을 업고 다녔다. 쌀이 귀한 시절에 아들에게만은 흰 쌀밥과 계란찜을 곁들인 밥상을 차려 주고 어머니는 늘 허기진 배를 물로 채웠다. 그리고 언제나 귀에 못이 박히도록 자신의 뿌리와 고향 형제를 잊지 말라고 당부도 했다.

어머니가 떠나고 험난하게 살았던 남편, 고향은 기억해도 아버지 형제 이름은 까맣게 잊어버렸다. 지금도 남편은 어머니와 짧막한 추억들이 부서지지 않는 작은 알갱이로 가슴에 겹겹이 쌓여 있다.

나는 상돌에 제사상을 차렸다. 남편은 생전에 못다 한 이야기를 한없이 풀어 놓았다. 그리고 삼 형제와 손자들 바르게 키워 달라고 간절히 부탁을 했다.

홀가분한 마음으로 산소를 내려오면서 남편은 목소리가 한결 밝아졌다.

"다음에 갈 때는 산소에 빛바랜 꽃을 바꿔야겠네…."

신경을 제대로 못 쓴 것이 내내 남편에게 미안했다.

남편의 부모님을 향한 애틋한 마음이, 훗날 내 자식들이 우리를 그리워하는 따뜻한 가슴으로 이어질 거라는 생각이 든다.

(2004.)

우리 동네 도서관

불혹에 도서관문학강좌를 처음 등록해 놓고 셀렘보다 걱정이
앞섰다. 도서관은 학생들이 시험 때 공부하고 책을 빌리는 곳으로
알고 있었는데 도서관에서 주부들 상대로 하는 강좌가 있다고 한
다. 그중에 내 눈에 번쩍 띄는 것이 있었다. 꿈 많던 시절 꼭 해
보고 싶은 문학 공부였다.

처음 등록하자 도서관이 집에서 워낙 먼 거리였기에 일주일만
다니면 손에 장을 지지겠다고 가족들은 농담까지 했었다. 매주
화요일이면 도서관에 가기 위해 새벽부터 설쳐야 했다. 자동차로
사십 분을 넘게 달려야 했고, 버스는 두 번 갈아타야만 하는 거리
였다. 그래도 신선한 철원 평야의 아침 공기를 만끽하는 나만의
재미가 쏠쏠했다. 한탄강과 철원 평야에 안개가 끼는 날이면 마치
하늘을 나는 신선처럼 환상적 분위기에 매료되기도 했다.

사계절 변화하는 철원 평야, 봄이 와 차창 밖은 푸른 물결이
바다를 이루었다 싶었는데 어느새 황금벌판이 눈이 시리도록 넘

실거렸다. 곧 이어 발자국 하나 없이 펼쳐진 설원에 찾아온 철새 손님들, 사계절의 발자취 따라 내 손길이 마치 작가라도 된 것처럼 한 편의 글을 수첩에 빼곡히 채우며 도서관문학강좌에 빠져 지냈다.

매주 만나는 강의실에서 언니, 동생으로 통하는 회원들은 마치 친자매처럼 화기애애했다. 교재 옆에는 언제나 다양한 떡, 과일, 고구마, 주스 등 회원들의 정성이 담긴 유기농 먹을거리로 가득했다.

도서관에서는 다양한 행사를 갖는데 우리 문학 회원들은 가슴과 영혼으로 창작한 작품들을 모아 어느새 동인지 7집까지 냈다. 강사님을 따라 열심히 글 쓰고 동인지까지 내는 '모을동비' 회원들에게 도서관에서는 약간의 지원금까지 주고 있다. 그리고 출판 비용은 회원들 형편에 따라 내고 있다.

생활에 여유가 있는 회원은 남모르게 금일봉을 낸다. 참깨 농사가 잘된 회원은 깨를 여유 있게 회비로 주면 우리는 기름을 짠 판매 이익금으로 모자라는 책값에 보탠다. 마음들만은 부자들이다.

백여 명 넘는 분들을 모시고 철원도서관에서 출판기념회 겸 시 낭송회 밤을 갖는다. 출판기념 행사 때는 문학을 사랑하는 사람들은 물론 가족들까지 많이 참석한다. 시 낭송회 때 우리들에게는 하나의 원칙이 있다. 화분이나 축하 꽃다발 대신 쌀을 받는다.

출판기념회에는 오래 전부터 도서관 문학 회원들이 봉사하러 다녔던 '한글 반 어르신들도 모신다. 처음에는 문학을 전혀 몰랐던 어르신들이나 지역 사람들의 하품 소리가 여기저기서 들렸다. 이제는 불이 꺼지고 은은한 조명불빛이 켜지면 행사장은 쥐죽은 듯 조용해진다. 딱딱한 행사보다 모든 사람들이 함께 공유하며 즐길 수 있는 우리들만의 문학 잔치를 펼치고 있는 것이다.

행사를 마치고 회원들이 손수 마련한 뷔페 식단으로 식사를 한다. 화려하지 않지만 어린아이부터 어르신까지 맛있게 먹는 소박한 웰빙 음식들이다. 그리고 가족들이 꽃 대신 선물 한 쌀들을 힘들게 살아가는 이웃들이나 예술가들에게 나누어 주는 훈훈한 시간을 갖는다.

나는 노년의 남은 꿈을 날갯짓하기 위해 작년 엄동설한에 도서관 가까운 곳으로 이사까지 왔다. 처음에 고향보다 오래 살던 곳을 떠나자고 했을 때 망설이던 가족들도 간절한 내 마음을 이해하며 따라 주었다.

도서관에는 십여 년 전 떨리는 내 손을 잡고 용기를 심어 준 철원의 지뢰꽃 시인이 있고, 자매보다 더 돈독한 정을 나누는 회원들이 있다.

오늘은 마침 화요일이다. 하던 일 멈추고 도서관에 가기 위해 벚꽃이 만발한 대교천 길을 따라 걷는다.

(2013.)

마흔여섯의 겨울

오랜만에 한가하게 창밖을 바라보고 있었다. 하늘에서 춤추며 내려오는 눈꽃
송이조차도 느끼지 못하고 살았던 메마른 내 삶이 너무 가여웠다. 하염없이 내
리는 눈꽃송이에 내 서러움까지 밤새 담아내고 있었다.

                                                            −본문 중에서

장마

"어메, 으쩌면 비도 지랄맞게 퍼부슬까."

마트 앞에서 흙 범벅이 된 신발을 터는 남자의 투덜대는 목소리에 일손을 놓고 뒤를 돌아봤다. 나도 모르게 '피식' 웃음이 나왔다.

나무 대문이 쳐져 삐거덕거린다며 아버지는 쪽문을 냈다. 그 문을 열면 골목길 건너편에는 큰 대문을 활짝 열어 놓은 집이 있었다. 그 집은 ㄷ자 집으로, 세 들어 사는 세대가 열두 가구였다. 읍내에서 '열두 기와집' 하면 모르는 사람이 없었다. 다닥다닥 붙은 방에는 대부분 군인 가족이나 자취하는 총각들이 살았다

쪽문으로 들락거리다 앞집 대문 앞에서 서성이는 남자와 눈이 마주쳤다. 키가 크고 피부가 유난히 까만 남자는 나와 마주치자 한쪽 눈을 살짝 감았다. 깜짝 놀라 문을 후닥닥 닫았다. 죄지은 것도 없는데 가슴이 두방망이질해댔다. 문틈으로 내다보니 남자가 쪽문을 쳐다보며 씩~ 웃었다.

처음 본 그 남자는 앞집에 세 들어 사는 군인 같은데, 눈이라도

마주치면 버릇처럼 찡긋거리는 모습이 내 머릿속에서 내내 지워지지 않았다. 은근히 약이 올라 그 사람에 대해 알고 싶어졌다. 내 또래가 앞집에 살고 있기에 핑계 삼아 그가 출근하고 없는 낮 시간에 슬그머니 놀러 갔다.

흰 고무신이 나란히 있는 그의 집은 열두 방 가운데 중간쯤 자리 잡고 있었다. 부엌문도 반쯤 열려 있어 호기심이 났다. 친구와 부엌으로 들어가 방문 손잡이를 잡으니 스르르 열렸다. 방에서는 퀴퀴한 냄새가 코를 찔렀다. 아랫목에는 흐트러진 군용 담요와 빛바랜 이부자리가 뒤엉켜 있고, 여러 권의 책과 주렁주렁 걸어 놓은 옷가지가 눈에 띄었다. 아무리 눈을 씻고 봐도 도둑이 들어와 훔쳐 갈 물건은 보이지 않았다.

피부는 검지만 준수한 외모에 비해 너절한 방 안 살림에 코웃음이 절로 나왔다. 친구들과 모여 그의 너절한 살림을 흉보았다. 그리고 피부가 유난히 까맣기에 '깜둥이'라는 별명도 지어 놓았다.

온종일 비가 부슬부슬 내려 따분한 날이었다.

며칠 전 영화를 보았을 때 나온 예고편이 눈에 어른거려 친구들 엉덩이를 들쑤셨다. 부모님 주머니를 짜낸 돈으로 상영 시간에 맞추어 영화관에 갔다. 어두침침한 극장 안은 한참이 지나야 주변이 보여 친구들과 더듬적거리며 나란히 앉았다. 웅성거리는 관객 속에서 출입구로 들어오는 '깜둥이' 아저씨를 발견했다. 그는 좌석 하나하나를 살피더니 우리 앞좌석에 앉았다. 그가 가까이 있다는 생각을 하니 입은 바짝바짝 마르고 심장에선 천둥소리가 났다.

장난기 넘치는 친구들은 앞집 군인이라는 걸 눈치 채고 그를 힐끗거리며 귓속말을 하다가 낄낄댔다.

그 시절에는 왜 그리 슬픈 영화가 많았는지, 사람들이 감동에 빠지면 극장 안 여기저기서 훌쩍거리는 소리가 났다. 또 남녀 배우가 포옹하는 장면이 나오면 관객들은 쥐죽은 듯이 조용했다. 우리는 부끄러워 고개를 정면으로 똑바로 향하고 있었다. 그런데 뒷좌석을 돌아보고 실실대는 '깜둥이 아저씨'가 눈에 가시 같았다.

극장을 나와서도 비는 계속 추적거렸다. 집이 같은 방향인 친구와 작은 우산을 맞대고 걸었다. 불빛도 희미한 골목길을 벗어나고 있는데, 뒤에서 검은 그림자가 따라왔다. 가슴이 덜컥 내려앉아 뒤를 돌아보니 바로 그였다. 몇 번 마주친 적 있는 사람이라 그런지 안도의 한숨이 나왔다.

'깜둥이' 아저씨는 아는 척을 하며 따라왔다. 순간 머릿속에 스치는 게 있었다. 대문 앞에서 마주치며 놀리는 그를 골탕 먹이고 싶었다. 우산을 마주 대고 가는 친구에게

"선아! 우리 교회 뒤로 가자."

하고 방향을 바꾸기로 했다. 교회 뒤로 가는 오솔길은 우리 마을에서 비만 오면 유난히 질척거려 장화 없이는 다닐 수 없었다. 친구와 나는 장화를 신었고 우산도 가지고 있었다. 그가 쓰고 있는 비닐 우산은 바람만 불어도 날아갈 듯 펄럭거렸다. 발길을 옮길 때마다 그의 발밑이 희끗한 것이 문턱 앞에 나란히 벗어 놨던 흰 고무신인 듯했다.

뒤따라오면서 우리를 향해 지껄이는 말은 들은 척도 않고 집을 지나쳐 걸어갔다. '깜둥이' 아저씨도 신이 난 듯 우리 뒤를 따라왔다. 그동안 나를 놀림감으로 만들었던 그에게 오늘 밤 속시원히 복수하고 싶은 마음뿐이었다. 발걸음을 재촉하며 친구와 귓속말을 나누며 키득거렸다.

교회 뒤로 가까이 가자 예상대로 장화에 진흙이 찰떡처럼 달라붙었다. 우리는 요령껏 장화 신은 발을 돌려가며 걸었다. 그는 비만 내리면 마누라 없이는 살아도 장화 없이는 못 사는 마을인 걸 모르고 있었나 보다. 조용해서 돌아보니 그는 제자리에서 몸을 비비꼬며 벗어나려고 안간힘을 썼다. 신발이 흙에 착 달라붙어 한 걸음도 떼지 못하는 그가 우스꽝스러워 친구와 나는 쓰고 있던 우산도 내던지고 허리가 끊어지도록 웃었다.

그를 진흙 구덩이에 빠뜨리고 나서 몇 날을 피해 다녔다. 그런데 원수는 외나무다리에서 만난다고 극장 앞에서 그와 딱 마주쳤을 때 심장이 멎는 줄 알았다.

"에메! 아무리 밉지만 비가 지랄맞게 퍼부스는디 진흙 구댕이로…, 그날 맨발로 왔당께."

걸쭉한 전라도 사투리를 섞어 가며 손짓 발짓으로 흉내 내는 그 앞에서 쩔쩔맸다.

그 일이 있고 난 후 나는 그와 마주치기만 해도 저절로 웃음이 나왔다. 그는 친근하게 다가와 여동생이 없다는 것을 은근히 내비쳤다. 오빠라고 한 적도 없는데 박봉을 털어 영화 구경도 시켜 주고 제과점에서 맛난 빵도 사 주며 환심을 사려 했다.

　고향을 떠나오던 날, 보름달이 밝아 사람 마음속까지 훤히 들여다 보일 것 같은 밤이었다. 그에게 손을 내밀며 작별 인사를 하자

　　"어딜 가든 잘 살랑께."

하고 손을 꼭 잡았다. 그는 달빛이 눈부셨는지 고개를 돌렸다.

　온종일 내 마음을 적시는 비처럼 어디선가 '깜둥이' 아저씨도 창밖에 내리는 빗줄기를 보며 미소 짓고 있겠지!

(2011.)

병원으로 가는 여행

남의 일인 줄 알았던 암세포가 내 몸속에서도 싹 트고 있었다. 정말 믿을 수 없다. 한 순간 앞날이 미궁 속에 떨어지는 것처럼 아득하게 느껴진다. 아직 못 이룬 꿈도 있고 할 일도 많은데…. 한편으로는 초기에 발견된 게 천만다행이라고 위로도 해 본다. 문득 한 여인이 떠오른다.

몇 해 전 지인의 소개로 아르바이트할 곳을 찾아갔다. 안주인 병세가 깊다는 말을 미리 듣고 있던 터라 조심스러웠다. 넓은 원룸으로 꾸민 공간이 아늑하고 깔끔했다. 이부자리에서 부스스 일어나 객을 맞이하는 그녀의 퉁퉁 부은 얼굴과 듬성듬성한 머리칼이 짐작했던 대로였다.

굳게 닫힌 창문을 열어젖히고 청소를 시작했다. 이불을 털어내고 청소기를 구석구석 돌렸다. 해쓱한 여인은 의자에 앉아 바쁘게 들락대는 나를 눈여겨보는 듯했다. 나는 어색한 분위기를 바꾸려고 여인에게 말을 붙이고 억지 웃음으로 처음 대하는 살림 도구

이것저것을 물어봤다. 어눌한 말투가 단어로 연결되지 않자 여자는 손가락으로 글을 써 주었다. 나중에 그녀의 남편에게 뇌수술만 두 번 했다는 이야기를 들었다.

출근 사흘째 되던 날, 무표정으로 뜨개질만 열심히 하는 그녀 곁으로 슬며시 다가갔다. 민소매 어깻죽지에 선명히 보이는 수술 자국, 통증이 시작되는지 뜨개질하던 손을 멈추고 막 흔들어댔다.

"이리 손을 내 봐요. 내가 주물러 줄게."

그녀의 아기 같은 손이 비단결 같았다.

"어서 툭툭 털고 일어나요. 이렇게 곱고 부드러운 손으로 착한 남편 맛난 음식도 해 주고 아들딸 시집 장가가는 것을 봐야지."

고개를 끄덕거리는 창백한 그녀의 얼굴이 진달래 빛으로 물들었다. 티끌 하나 없이 고운 등을 살살 안마해 주었다. 며칠 전 병원에서 날아온 검진결과 통지서가 찜찜해 그녀에게 입이 떨어지지 않았지만 유방암에 대해 조심스레 물었다. 뜨개질하는 손을 멈추고 그녀는 병을 발견할 때부터 진행 사항까지 소상히 말했다.

우연히 발견된 유방암, 아무런 통증도 없었단다. 간단한 종양으로 알고 시작한 수술이었다. 그런데 유방에서 임파선을 타고 뇌까지 번져 이번에는 숨 쉬는 곳까지 파먹었다. 염치도 모르는 암은 그녀의 생명줄을 야금야금 갉아먹고 있었다. 현대 의술로는 자기 병이 한계에 다다랐다는 말을 하면서 그녀는 목이 메어 말끝을 잇지 못했다. 궁금해서 물어보았던 것이 그녀의 아픈 상처를 찌른 것 같아 후회가 되었다.

그녀의 남편은 아내의 친척들을 모아놓고 의견을 물었단다. 호스피스 병원에서 편안히 생을 정리할 수 있는 기회를 주자고 설득했단다. 처음에 완강히 반대하던 친지들이 동의를 했고 그녀도 승낙했단다. 이제는 호스피스 병원에서 연락 오기만 기다린단다. 그 말을 듣는 순간 코끝이 찡했다.

미세한 숨결도 놓치지 않으려고 그녀의 딸은 엄마 살에 손끝을 살며시 갖다댔다. 학교 갔다 오면 엄마부터 찾는 턱 밑에 수염이 거뭇거뭇한 사춘기 아들을 보면서 눈을 감는 날까지 아이들 곁에 있었으면 하는 생각도 든다며 흐느꼈다.

나는 냉장고를 뒤져 그녀가 좋아하는 생선조림과 가지무침을 밥상에 올렸다. 힘없이 잡은 젓가락이 좋아하는 반찬으로 들락거린다. 모처럼 맛나게 먹었다며 고마움을 표하는 그녀 말에 덩달아 배가 불렀다. 그렇게 해서라도 하루라도 더 가족들 곁에 머물 수 있다면 진시황의 불로초라도 구해 주고 싶은 간절한 마음이었다.

내 처지보다 암담했던 그 여인을 생각하며, 나는 병원으로 여행 가는 사람처럼 주섬주섬 짐을 꾸린다. 그동안 바쁘다는 핑계로 읽지 못했던 책 여러 권도 챙기고 게을러서 못 먹었던 건강식품도 꼭꼭 우겨 넣는다.

현관을 나서려니 거실에 걸린 사진 속에서 아이들이 웃고 있다. 여행 간다고 한 번씩 이름을 부르고 문을 닫았다. 육 공주들 재잘대는 소리가 귓가에 맴돌고 마음도 한결 가볍다.

(2015.)

살아 있음이 행복

오랜 입원으로 힘들었다. 그런데 피검사에서 당뇨까지 약간 보인다는 의사 말은 충격이었다. 다행히 지금부터라도 운동과 음식으로 조절하면 약 안 먹고도 혈당을 유지할 수 있단다. 주치의는 영양사를 내가 있는 병실에 올려 보내 그동안 알지 못했던 당뇨 식단과 운동 방법까지 친절하게 알려 주었다.

이튿날부터 잠에서 깨기도 전에 당 검사하는 간호사를 피해 운동을 나갔다. 링거 걸이를 끌고 일층 로비를 빙글빙글 돌았다. 병원 로비는 복잡한 낮과는 달리 어두침침하고 음산했는데 나는 두려움을 떨치기 위해 한 바퀴 돌 때마다 손가락을 꼽으며 돌았다.

운동을 시작한 지 여러 날이 지났다. 오늘따라 마주 보이는 응급실에서 사람들이 웅성거린다. 아마 밤사이 응급환자가 들어온 모양이다. 운동을 하면서도 눈길은 응급실 쪽으로 신경이 곤두섰다. 한참을 돌다 보니 흐느끼는 소리가 들려 발길을 멈췄다.

반쯤 열린 문틈 사이로 중년 여인과 젊은이들이 보이고, 젊은 남자가 통곡하는 여인의 어깨를 감싸고 있었다. 머리가 긴 여자는 중년 여인 등에 고개를 묻고 몸부림쳤다. 적막한 새벽 공기에 울부짖는 소리가 심장까지 파고들었다. '누구라도 나오면 좋으련만' 운동하는 내 발길을 자꾸만 멈칫하게 만든다. 오늘따라 자판기 앞에 모닝커피 마시는 환자조차 보이지 않았다.

　'드르륵' 하는 소리에 나도 모르게 힐끗 눈길이 갔다. 흰 천이 보였다. 시체를 응급실 밖으로 끌고 가는지 울음소리도 점점 멀어졌다. 갑자기 조용해지자 운동하는 링거걸이를 누가 뒤에서 쫓아오는 것처럼 빠르게 밀면서 걸으니 슬리퍼가 벗겨졌다. 뒤통수가 스멀거리며 옷자락을 잡아당기는 듯 링거 줄이 엉켜 버리는 게 아닌가.

　그때 갑자기 응급실 문이 덜컥 열렸다.

　"악~…."

　뚜벅뚜벅 걸어오는 시꺼먼 그림자에 나도 모르게 소스라치게 놀랐다. 등줄기에서 식은땀이 주르륵 흘렀다. 다리에 힘도 풀려 더 이상 걸을 수 없었다. 늘 보는 경비 아저씨에게 놀라 운동도 포기하고 병실로 올라왔다. 모두 깊은 잠에 빠져 있었다.

　부슬부슬 비 내리는 창밖을 바라본다.

　어제까지 살아있던 한 생명이 오늘 한 줌 흙으로 돌아갔다. 참으로 삶이 허무했다. 또 한편으로 내 삶을 뒤돌아보는 시간이기도 했다.

나도 가벼운 수술만 하면 퇴원할 줄 알고 입원했었다. 그런데 갑작스런 건강 악화로 한동안 우울증에 시달려 죽음이 두렵지 않다고 큰소리쳤다. 오늘 새벽 나무 토막처럼 실려 나가는 시체를 보고 오금이 저려 운동도 포기한 내가 아니던가. 큰소리치며 죽을 준비가 되어 있다던 내 자신이 부끄러웠다.

"나이 육십이 가까우면 새로 태어난다는 생각으로 몸도 고쳐 가며, 이웃을 위해 봉사하고 열심히 운동도 하며 즐겁게 살자."

자주 문병 오는 친구의 위로의 말이다.

아직 내 나이가 육십 전이 아닌가. 다시 태어났다고 생각하며 흐트러진 마음을 가다듬어 본다.

(2013.)

마흔여섯의 겨울

　내 인생의 새로운 시작을 알리는 계기가 있었다. 사 년 전, 한 달 넘게 하혈하는 고통을 참아 냈다. 새로운 일을 시작한 지 얼마 안 돼 힘들어하는 남편에게 내색도 못하고 현기증이 날 때마다 차 안에서 쉬어 가며 버티고 있었다. 점점 안색이 창백해지는 내 모습을 눈치 챈 남편과 병원을 찾았을 때 의사는 수술할 것을 권유했다. 나는 미련스럽게 임시로 지혈할 수 있는 처치만 받고 돌아왔다.

　한 달이 지난 후 다시 하혈 증세로 치료를 받았다. 그렇지만 멈추지 않는 붉은 액체는 내 몸속 물기를 남김없이 가져가는 듯했다. 자판기관리 일을 하면서 뼛속까지 파고드는 한기에 도저히 손을 물에 담글 수가 없었다. 고집스레 참다가 빈혈로 이어지고 결국엔 입원까지 하게 되었다.

　입원 후 금식하면서 오랜만에 한가하게 창밖을 바라보고 있었다. 하늘에서 춤추며 내려오는 눈꽃송이조차도 느끼지 못하고 살았던 메마른 내 삶이 너무 가여웠다. 하염없이 내리는 눈꽃송이에 내 서러움까지 밤새 담아내고 있었다.

수술 받기 전 몸속에 피가 모자라 수혈을 받았다. 이튿날 아침 아홉 시, 침대에 누워 수술실로 향하는 내 마음은 다시 살아올 수 없다는 절망감과 두려움으로 떨고 있었다. 저승길과 같은 수술실 문이 열리고 쇠에 부딪치는 소리가 온몸에 소름이 돋게 하였다. 전신을 빨아들일 듯 천장의 불빛은 일제히 나를 향해 쏟아지고 있었다. 초록 가운을 입은 간호사가 링거 속에 마취제를 주입하면서 '하나 둘….' 하고 숫자를 세어보라고 했다. 콧속으로 쏴하게 스며드는 매캐한 냄새를 맡는 순간 나는 깨어나지 말고 영원히 잠들고 싶었다.

'엄마~.' 하고 부르는 소리가 희미하게 들려도 움직일 수 없었다.

"잠들면 안 돼. 아들이 왔어."

자식이 왔다는 말에 무거운 눈꺼풀을 떠 보았다. 눈앞에 아들 모습이 아른거리자 참았던 눈물이 봇물 터지듯 흘렀다.

다섯 시간의 수술 후 빠른 회복을 보였지만 세상이 온통 깜깜하고 암담해 보였다. 마흔 여섯 해의 절망 속을 헤매며 혹독한 겨울을 보낼 때 남편이 다가와 말했다.

"이 세상 모든 것 다 버려도 당신만 내 곁에 있어 주면 돼."

그 말 한 마디에 나는 봄 같은 용기와 희망을 얻을 수 있었다. 마흔여섯의 겨울을 나는 부부의 정으로 무사히 넘겼으니 부부의 인연은 참으로 질기고 소중함을 새삼 깨닫는다.

(2005.)

상황버섯

큰 기대는 안 했었다. 택배 상자를 뜯는 순간 숨이 탁 막혔다. 뽀얀 갈색 결이 수를 놓은 상황버섯이 꽤나 큼직하다. 자연 그대로 뻗은 부드러운 곡선이 깡동 치마폭에 속 싱을 잔뜩 넣은 것 같았다. 말로만 듣던 자연산 상황버섯으로 나는 생전 처음 보았다. 더불어 꽤나 큰 영지버섯까지 들어 있었다. 겉 표면에 황갈색을 띤 반질반질한 영지 끝에는 모자의 챙처럼 테두리가 있다.

아는 사람 소개로 알게 된 그는 문경시 연예인 봉사단에서 일을 하고 있었다. 인터넷 방송에서 그의 호소력 짙은 노래를 처음 들었다. 혼신을 다하며 짙게 뿜어내는 맑은 음색이 선율을 타고 진한 감동을 주었다. 그는 지인으로부터 나에 대해 이야기를 들은 듯 책을 달라고 했다.

사실 처음 보내는 책은 언제나 긴장이 된다. 글 속에는 과거와 현재의 내 삶이 고스란히 담겨 있어 쑥스러울 때가 많다. 책을 받고 그는 전화를 했다. 밝고 힘찬 목소리에 나도 덩달아 기분이 좋아졌다. 그리고 나에게 누님이라 불렀다. 조금 어색해도 막내 동생을 얻은 듯 뿌듯했다.

그는 몇 해 전 뇌졸중으로 쓰러졌다. 쓰러진 후 단란한 가정도 깨졌고 지금은 홀어머니와 함께 살고 있다. 갑자기 그에게 찾아온 뇌졸중으로 거의 반신불수가 되었을 때 이를 악물고 재활을 했다. 그때 자신의 새로운 삶을 선택하게 해준 곳이 바로 산이었다. 불편한 몸을 지팡이에 의지하며 하루도 빠짐없이 산을 올랐다. 산에 오르면서 눈에 띄는 약초가 있으면 따다가 끓여 먹었다. 또 남은 약초는 모았다가 약도 내려 먹고 내다 팔아 생활비로 썼다.

끈질긴 자신의 노력과 홀어머니의 병수발에 하늘도 감동을 했는지 편마비되었던 몸이 서서히 회복되고 있었다. 한창 혈기 왕성한 나이에 쓰러져 사람 노릇 못 한다고 주위 사람들은 수군수군했다. 그런데 언제부터인지 산에만 가면 정신이 맑아지고 몸은 날개를 단 듯 가벼웠다.

그는 몸이 완쾌되자 소외된 이웃들에게 눈길이 갔다. 봉사하는 사람들로 똘똘 뭉친 단체에 가입했다. 그 단체는 각처에서 모인 남녀노소들이 재능봉사로 헌집을 고쳐 주는 일을 했는데 그가 책임지는 자리에까지 오르게 되었다. 평소에 워낙 성실했던 그는 사회에서 인정받는 사람으로 서서히 자리매김하고 있었다. 그를 주위에서는 결손가정이나 독거노인, 다문화 가정을 살피며 가려운 곳을 긁어 주는 머슴이라고 칭했다. 그리고 요양시설이나 노인 복지시설, 힘들고 지친 사람들이 그를 찾으면 열일을 제치고 달려갔다.

일 년 내내 봉사만 하는 그가 홀어머니를 모시고 생활은 어찌 하는지 지인에게 물어봤다. 바쁜 시간을 틈내 약초를 캐 생활비로 쓰고 있다고 했다. 그리고 가족들이 먹고 살 만큼의 농토가 있단다. 비로소 내 오지랖 넓은 생각이 봄눈 녹듯 사라졌다.

두 해 동안 책을 보내며 가끔 전화를 주고받았다. 그가 부르는 누님 소리는 언제 들어도 정겹게 들린다. 자신은 누님이 없다고 나를 그렇게 부르고 싶다는 것이다. 그와 대화하다 보면 가진 건 부족해도 마음은 늘 부자처럼 느꼈다. 사십 대 후반의 나이에 소외된 사람들을 위해 봉사하며 알찬 삶을 꾸려 나가는 그가 대견스럽다. 가까이 있으면 어깨라도 두드려 주고 싶다.

한겨울 산속은 눈이 발목까지 빠질 게 뻔하다. 더구나 높은 곳에는 눈도 많고 미끄러울 것이다. 높은 곳에서나 자생하는 상황버섯을 따기 위해 헤맸을 그를 생각하니 가슴이 뭉클했다. 눈길에 얼마나 미끄러졌을까, 다치지는 않았을까, 산에 간다는 소리 듣고 밤새 창문을 여닫았다. 걱정만 했지, 전화도 못 해보고 마음만 졸였다. 이틀 후에 그에게서 전화가 왔다.

"누님! 상황버섯하고 영지 보내요. 설명서대로 끓여 드시면 6개월은 드실 거예요."

사실 강추위에 큰 기대도 안 했고, 다치지만 말고 산을 내려왔으면 했었다. 뜻밖의 큰 선물에 감동이 밀려왔다. 그는 다 먹은 후 또 연락하란다. 고맙다는 말을 수차례 했다. 그리고 덧붙여 계좌번호를 달라고 졸랐다. 그는 내 말을 슬쩍 웃어넘겼다.

상황버섯이 귀하고 고가라는 말은 들었다. 그래서 인터넷으로 검색도 해 보았다. 야생은 귀하고 모르는 사람한테 구입하면 믿을 수 없을 뿐더러 수입품 역시 고가로 판매되고 있었다. 그래서 더욱 엄두도 못 냈고 망설이던 참이었다.

영지버섯은 예전에 이웃집 하우스에서 재배하는 걸 여러 번 구경했다. 또 구입을 해 차로 끓여 먹기도 하고 암 수술 받은 형제처럼 지내는 가까운 분에게 선물한 적이 있었다. 암 수술로 식욕이 떨어져 걱정했는데 내가 보낸 영지버섯으로 건강이 회복되었다고 좋아했다. 그때부터 영지가 암환자에게 좋은 걸 알았다. 이웃집 하우스 덕분에 재배한 영지와 야생은 구별할 줄 안다. 그런데 귀한 상황버섯은 처음이었다.

그가 꼼꼼히 적은 설명서와 함께 견본용도 세 개씩 담아 보냈다. 만나 본 적은 없어도 보낸 물건에서 그의 세심한 마음까지 읽을 수 있었다. 그런데 설명서를 한참 훑어보아도 은행계좌 번호가 눈에 띄지 않는다. 그에게 고맙다는 전화를 하면서 온라인 번호가 안 보인다고 물었다. 껄껄 웃으며 사양하는 그에게 돈의 가치를 떠나 속 깊은 정이 끈끈히 묻어났다.

그는 언젠가 만나면 맛있는 밥 사 달라고 코맹맹이 소리를 냈다. 그를 생각해서라도 하루빨리 예전처럼 건강을 되찾고 싶다.

누나를 걱정하는 우리 막냇동생에게도 올해는 꼭 상황버섯처럼 귀한 사랑을 나눌 수 있는 여인이 나타나 주었으면 하는 바람이다.

(2015.)

나팔바지 소년

충청도 사투리로 내 이름을 묻는 중년남자의 목소리가 전화기 너머로 들린다. 나는 갑자기 부르는 내 이름이 낯설어 누구냐고 물었는데 그가 잠시 머뭇거리더니 '김종근'이라고 밝힌다.

삼십오 년이 흐른 세월이었다. 동창인데 존대하는 종근이를 편하게 해 주려고 내가 먼저 반말을 썼다.

종근이는 일산 모 부대 주임원사로 근무하고 있었다. 고향이 지척인 여산으로 교육 가는 중에 갑자기 내 생각이 나서 전화를 했단다. 나를 만나기 위해 여자 동창들만 따로 모이는 곳에 갔더니 그날따라 내가 참석을 안 했더란다. 여러 번 집으로 전화했지만 통화할 수 없었다고 한다. 낮 시간은 일하느라 집에 없는 내 사정을 그가 알 리 없었다. 그와 긴 통화를 하면서도 못다 한 말은 만나서 하기로 약속했다.

내성적이었던 그는 우리 반 실장이었다. 다른 동창들보다 나이가 한두 살 더 많아서인지 키도 크고 의젓했다. 모자에 각을 칼날처럼 세우고 통 넓은 나팔바지를 펄럭이며 다녔다. 어깨를 치켜 올리고 양팔을 약간 벌리고 걷는 그의 모습은 마치 사춘기 시절 한때 우상이었던 건달들의 걸음새였다. 당당한 차림새와는 달리 여학생들과 이야기할 때는 홍조 띤 두 볼에 수줍음을 많이 타는 소년이었다.

쉬는 시간이면 교실 뒤쪽 공간은 언제나 시끌벅적했다. 개다리 춤 배우는 남학생들의 현란한 몸짓에 마룻바닥은 반질반질 초를 칠해 놓은 것 같았다. 신나게 흔드는 나팔바지 폭이 누구 것이 제일 넓은지 알아내려는 듯 여학생들의 눈길은 바지에만 쏠렸다. 혹시 관심 있는 여학생이 보고 있으면 돋보이고 싶은 남학생들은 현란한 몸짓으로 온통 교실 바닥을 쓸고 다녔다. 나는 혹 그가 춤을 추나 유심히 살펴봤다. 그는 언제고 그들 틈에 없었다.

그는 나와 눈만 마주쳐도 살며시 시선을 딴 곳으로 돌리곤 했는데 그와 가까이할 수 있는 기회가 있었다. 특별 활동을 하면서 그의 마을에 사는 후배의 초대를 받아 친구들과 놀러 갔다. 우리 마을에서 삼십 리 떨어진 산골에 그는 살고 있었다. 마을 앞에는 큰 저수지가 있고 야트막한 뒷산에는 철쭉과 진달래가 만발하였다. 소년 소녀들은 산등성에 활짝 핀 꽃향기에 취해 우르르 몰려갔다. 꽃그늘에 앉아 짝을 맞추는 게임을 했다. 아쉽게도 그와 짝은 할 수 없었다. 우리들은 해 질 녘이 다 되도록 산꽃들을 가지고 놀았다.

학교 수업 중 성경 시간이 차지하는 비중이 컸기에 평소 종교가 달라도 교회를 다녀야 했다. 일주일에 세 번 예배에 참석하고 목사의 도장을 받아 학교에 냈다. 어느 날부터 그는 친구들과 함께 가까운 교회를 두고 내가 다니는 교회를 다니기 시작했다. 늦은 시간 예배를 마치고 가는 삼십 리 오솔길을 따라 우리는 밤하늘의 별을 세며 걸었다. 또 남학생들은 풀숲에 반짝이는 반딧불이를 잡아 여학생들 손에 꼭 쥐어 주며 밤길을 환하게 밝혀 준다는 말을 하기도 했다. 우리는 그렇게 꿈 많던 사춘기 시절, 추억을 곱게 쌓아갔다.

그렇게 한 학기를 마치고 다음 학년으로 올라가면서 무슨 연유인지 그들과 멀어졌다. 잘 나오던 교회마저도 발길을 뚝 끊었다. 교정에서나 등굣길에서 마주쳐도 서로 서먹서먹한 사이가 되었다.

부모 없이 형 밑에서 살고 있지만 그는 학교 생활에 모범생이었다. 그러나 그의 미소 뒤에 항상 그늘이 엿보였다. 3학년 때는 규율부 활동도 함께했지만 서로 말 한 마디 건네지 않았다.

고향을 떠난 후 가끔 동창 모임에 가면 그의 소식이 궁금해 물어봤다. 직업 군인으로 착한 부인을 만나 형제를 낳고 다복하게 산다고 들었다. 그렇다고 내가 선뜻 전화할 용기는 없었다. 그의 모습을 아련히 떠올리면 수줍게 홍조 띤 얼굴만 떠올랐다.

고향에 가면 내 생각난다는 그의 말에 웃음이 나왔다. 소녀처럼 수줍음을 잘 타는 그의 가슴 한쪽에 사춘기 시절의 아름다운 추억을 간직하고 있다는 게 놀라웠다.

나도 그를 만나면 고백할 게 있다. 지금도 꿈속에서 가끔 너를 만나고 있다고….

(2003.)

성황당

1부

의정부를 지나 서울시내 초입새에 들어서면 '성황당' 정류장 팻말이 보인다.

이곳에 있는 병원에서 한 달여 동안 간호하며 뿌린 눈물은 평생 흘려도 반도 못될 것 같다. 돌도 안 된 어린 막내를 업고 '국군창동병원'과 여인숙을 오고 갔었다. 전신 마비된 남편이 다시 설 수 있었던 것은 성황당 신께서 갸륵한 내 정성에 감동받았기 때문인 것 같았다.

1980년 2월이었다. 남편은 시름시름 앓았다. 병원으로 한의원으로 다녀도 뚜렷한 병명을 찾아내지 못했다. 옆구리가 결리고 쑤셔서 담이 들은 것 같다고 용하다는 한의원을 찾아다니며 치료받았다. 또 밤에 견디기 힘들 때는 임시방편으로 아픈 부위를 파스로 덕지덕지 도배했다.

어느 날 갑자기 남편은 하반신 마비가 되어 걸을 수 없었다.

마비된 다리를 잡고 어쩔 줄 모르는 남편 곁에서 아무것도 모르는 철부지 아이들은 마냥 신이 났다. 아이들은 아빠가 평일에 함께 있는 것이 좋았던 모양이었다. 그때 큰애는 초등학교 입학을 앞두고 있었다. 둘째는 유치원에 갈 나이였고, 막내는 돌을 몇 달 남기고 있었다. 어린 자식을 번갈아 보며 남편과 깊은 한숨만 쉬고 있었다.

하반신이 마비되어 걸을 수 없었던 남편은 친구 도움으로 군 병원에 긴급 후송되었다. 서울 외곽지역에 위치한 '국군창동병원'에서 남편은 '척추결핵'이란 진단을 받았다. 그동안 제대로 병명을 몰라 치료를 못 받은 탓에 척추가 다 내려앉아 병세가 심각했다. 병원에서 남편이 보호자 수술 동의서가 필요하다는 전보를 보냈다. 눈앞이 깜깜했다. 전보 용지가 다 젖도록 눈물이 펑펑 쏟아졌다.

첫차를 타고 새벽 안개가 자욱한 차창 밖을 내다봤다. 눈물샘이 터졌는지 한없이 흘렀다. 혈혈단신인 남편이기에 힘들 때 연락할 친척조차 없었다. 피붙이라고는 이웃집에서 엄마를 기다리는 두 아이와 내 품에서 빈 젖을 빨다 잠이 든 아기뿐이었다. 친정 역시 연락할 만한 사람이 없었다. 친정 부모님은 남편이 처음부터 고아였기에 별로 탐탁지 않게 여겼다. 또 동생들 셋이나 있어도 힘이 되어 줄 만한 처지가 못 되었다. 이런 생각 저런 생각 하다 보니 서러움이 복받쳐 병원에 도착하는 시간 내내 버스에서 숨죽이며 울고 또 울었다.

2부

남편은 죽은 듯 침대에 꼼짝 않고 있다가 인기척이 나자 고개를 돌렸다. 초췌한 얼굴에 시커먼 구레나룻, 마치 삶을 포기한 듯 보였다. 남편 곁에 아기를 내려놓자 고사리손을 꼭 잡는 두 눈에 눈물이 주르륵 흘렀다. 울고 있는 남편을 부둥켜안고 병실이 떠나가도록 악을 쓰고 싶었다. 가슴에서 터져 나오는 오열을 참느라 입술만 잘근잘근 씹었다. 남편 앞에서 약해진 모습을 보인다는 것은 희망을 잃게 하는 것 같았다.

수술을 앞두고 담당의사를 만났다. 의사는 등에 있는 아기와 나를 위아래로 훑어보았다. 민얼굴에 퉁퉁 부은 눈, 남루한 옷차림에 아기까지 업고 있는 내 모습에 말문이 막힌 것 같았다. 의사는 한숨부터 내쉬며 가족사를 묻고 있었다. 묻는 말에 참았던 서러움이 또 터지고 말았다. 의사는 차가운 내 손등을 따뜻한 마음까지 담아 토닥였다.

의사는 삼십 대 중반쯤 보였다. 몸에서 풍기는 당당한 모습과 뽀얀 얼굴이 귀공자처럼 보였다. 군 병원이 생긴 이래 남편처럼 중환자는 처음이랬다. 남편 병명을 가지고는 우리나라 군 병원으로 최고의 의료시설을 갖춘 서울 통합병원으로 갔어야 된다고 했다. 그런데 환자가 통합병원으로 가면 완쾌 후 제대할 것을 염두에 두어야 한다고 했다. 남편은 사경을 헤매면서까지 본인보다 남아 있는 가족을 생각했다는 것에 눈물이 앞을 가렸다.

의사선생님의 수술에 대한 상세한 설명을 가슴 졸이며 듣고 있었다. 환자의 최악의 상태를 두고 설명할 때는 오금이 저려 왔다. 수술하는 부분에 인체의 모든 장기가 가까이 있어 칼끝만 살짝 잘못 놀려도 위험하단다. 이미 척추는 고름으로 다 덮여 제 기능을 잃었다고 했다. 삭아버린 척추를 잘라내고, 왼쪽 갈비뼈 세 대를 갈아 잘라낸 부분에 척추와 똑같은 형태로 붙인다고 했다. 그러면 인체에서 액이 나와 재생이 된단다. 어렵고 중요한 수술이라 혼자서는 할 수 없어 신경외과 의사와 함께 일정을 잡았다고 했다.

의사는 긴 설명을 마치면서 '수술후유증으로 평생 휠체어에 의존하며 살지도 모릅니다.' 하는 말을 덧붙였다. 어떤 말도 내 귀에 들리지 않았다. 오직 남편이 수술하고 마취에서 깨어나 주기만 바랄 뿐이었다. 휠체어에서 꼼짝 못해도 아이들 기둥만 되어 준다면 두려울 게 없었다. 의사는 절망과 함께 실낱같은 희망도 주었다.

그 의사는 군의관으로 오기 전 세브란스 정형외과에서 많은 환자를 수술했단다. 전역 후에 근무했던 병원으로 돌아갈 거라고 했다. 그 의사가 대학병원에 있었다는 말에 더욱 믿음이 갔다. 나는 목숨만 살려 달라고 매달렸다.

남편은 침대에서 조바심 내며 나를 기다렸다. 의사하고 나누었던 말을 차마 다할 수 없었다. 수술하면 정상적인 생활을 할 수 있다는 말만 되풀이했다. 남편은 마음의 안정을 찾고, 거부하던 음식도 다시 먹기 시작했다.

3부

수술하는 날 병원에 도착했을 때는 오후 두 시경이었다. 남편은 아홉 시에 수술실에 들어가 그때까지 못 나오고 있었다. 병실 담당 간호사 말로는 오후 늦어야 끝날 거라고 했다. 등에서 칭얼대는 아기에게 눈치를 주며 오늘은 면회도 할 수 없으니 중환자실로 옮기는 날 오라며 날짜를 알려 주었다.

간호사는 아기를 업고 무작정 기다리는 내가 안타까워 한 말이었을 텐데 나에게는 야속하게 들렸다. 환자들만 가득한 병실에서 부끄러운 줄 모르고 흐느끼며 울었다. 엄마의 심정을 헤아리는 듯 아기도 덩달아 자지러졌다. 간호사와 심부름하는 병사들이 당황하며 쫓아왔다.

군 병원은 일반 병원과 달리 보호자 면회시간이 정해 있었다. 환자를 간호하는 사람도 적어 병실에서 경환자들이 번갈아 가며 도와주었다. 병사들보다 그나마 남편은 간부이기 때문에 병실 드나들기가 조금은 수월했다. 병실 밖에서 나는 눈을 꼭 감고 신께 간절히 빌었다. 그리고 수술대에서 힘겹게 사투를 벌이고 있는 남편을 향해 제발 살아만 달라고 애원했다.

병실에서 넋 놓고 있다 보니 집에 남겨 둔 아이들이 생각났다. 집에서 애타게 엄마만 기다리는 아이들을 맡길 곳도 해결해야 했다. 그래야 남편이 깨어나면 병간호를 마음 놓고 할 수 있을 것이다. 지금은 자식보다 남편을 살려야 한다는 일념으로 머릿속이 꽉 차 있었다.

큰아이 초등학교 입학 날짜가 가까웠다. 큰아이를 입학시켜 놓은 후 지금은 고인이 되신 방 상사님께 부탁을 했다. 둘째는 친정집에 맡겼다. 아이들을 떼어 놓으면서 우리 가족이 처한 입장을 설명해 주었다. 철부지인 줄만 알았던 큰아이가

"엄마! 아저씨 안 와도 혼자 차 조심하며 학교 잘 다닐게."

하고 도리어 엄마를 위로해 주었다.

방 상사님이 초등학교에 입학한 큰아이 손을 잡고 이십여 분 거리를 데리고 다녔다. 아이는 그 이튿날부터 찻길이 위험한 도로를 혼자 가겠다고 아저씨에게 당차게 말했다고 한다. 그리고 형제 사이에 항상 양보만 하던 둘째도 쌍꺼풀진 커다란 눈을 깜빡이며 할머니 집에 가 있겠다고 했다. 세 아이를 품에 꼭 안고 속으로 다짐을 했다. 반드시 아빠를 너희 곁으로 데려오겠다고….

4부

사흘 만에 깨어난 남편은 미라처럼 전신을 흰 붕대로 칭칭 감고 있었다. 나와 눈이 마주치자 또 눈에서 눈물이 '주르륵…' 흘렀다. '살아 줘서 고맙다'고 말하고 싶어도 목이 메어 입이 떨어지지 않았다. 남편은 발바닥을 간질여 달라고 했다. 그리고 허벅지도 꼬집어 보라고 했다. 흰 시트로 덮인 하체를 살며시 걷어 올렸다. 백옥 같은 피부에 온통 붉은 자국이 지도를 그려 놓은 것 같았다. 얼음장같이 차가운 발과 허벅지를 남편이 시키는 대로 해 봤다. 남편은 크게 낙심하며 눈을 꼭 감고 간간히 차오르는 가래만 뱉어

냈다.

병원 가까운 곳에 여인숙을 얻었다. 밤새 빈 젖을 찾는 아기를 달래고 연탄불에 사골을 고아 내며 뜬눈으로 밤을 새우는 날이 많았다. 다음 날 아침 남편의 빠른 회복을 도와줄 음식이기에 설친 잠은 문제도 안 됐다.

그런데 문제가 생겼다. 등에 착 달라붙은 아기가 내 품을 잠시도 떠나지 않았다. 어느 날 화장실에 가려고 곤히 잠든 아기를 품에서 살짝 떼어 놓았다. 그랬더니 귀신같이 알고 여인숙이 떠나갈 듯 악을 썼다. 모두 잠든 여인숙에서 잘못하면 쫓겨날 것 같았다. 할 수 없이 불편하지만 아기를 업고 볼일도 봐야만 했다.

먼동이 트면 냄비에 고실고실한 쌀밥과 뽀얀 사골국을 담아 빠른걸음으로 병실로 갔다. 등에서 흔들대는 아기와 한 손에는 사골국이 담긴 가방, 다른 한 손에는 기저귀 보따리를 허리가 휘어지도록 다녔어도 그 시절엔 힘든 줄 몰랐다. 지금처럼 일회용 기저귀만 있었어도 덜 힘들었을 텐데….

사골국을 수저로 떠 반듯이 누워 있는 남편의 바짝 마른 입술을 적셔 주었다. 도리질하며 짜증내는 사람에게 먹어야 살 수 있다고 아기 달래듯 했다. 병원과 여인숙을 오고가며 세끼 식사를 내 손으로 다 챙기고 시간 나는 대로 아기 기저귀도 빨아 널어야 했다. 내 입에 넣는 유일한 음식은 남편이 남긴 밥, 그것도 모래알 같은 것이었다. 여인숙 주인여자는 그런 내 사정을 알고 많이 배려해 주어서 기저귀도 마당 한쪽 수돗가에서 빨 수 있게 해 주었다.

5부

　남편은 수술 후 열흘이 넘도록 하체에 감각이 없었다. 병실에 갈 때마다 다리를 찔러도 아무런 반응이 없었다. 남편은 시무룩해진 얼굴로 밤마다 진통제를 먹어도 수술한 상처가 쑤셔 잠이 안 온다고 수면제를 부탁했다. 하루에 두 정씩 아무도 몰래 수면제를 사다가 남편에게 주었다.

　하루는 남편이 아이들을 보고 싶다고 했다. 휴일에 남편이 그토록 보고 싶어 하는 아이들을 데려왔다. 남편하고 붕어빵인 둘째는 오랜만에 보는 아빠랑 손장난을 치며 즐거워했다. 남편은 큰아이 머리를 쓰다듬으며

　"철아! 만약 아빠가 없으면 엄마와 동생들 잘 보살펴라."
하고 당부를 했는데 더 말을 더 잇지 못하고 눈에 이슬만 그렁거렸다. 나한테는 재혼하지 말고 아이들 잘 키워 달라는 부탁까지 했다. 심각하게 말하는 남편에게 유언처럼 들린다고 핀잔을 주었다.

　나와 아이들을 보내 놓고 남편은 그동안 모아둔 수면제를 아무도 몰래 입에 털어 넣었다. 밤마다 고통을 호소하던 남편은 진통제도 안 찾고 잠이 들었다. 간호사나 가까이 있는 환자들이 모처럼 편안하게 숙면을 취하는 남편을 깨우지 않았다고 했다.

　남편은 깊은 잠에서 깨어났다. 꿈인지 생시인지 하체를 꼬집어 보니 아팠다. 발가락을 움직여 보니 찌릿찌릿 감각이 느껴졌다. 생각을 해 보니 약 먹었던 것도 기억이 났다. 남편은 너무 좋아 큰소리로 탄성을 지르고 말았다. 그리고 기쁜 소식을 나에게 제일

먼저 전하고 싶었다.

아이들을 데려다 놓고 병실을 다시 찾았을 때 남편은 환하게 웃고 있었다. 그동안 나 몰래 꾸민 짓을 실토했다. 남편의 무모한 행동에 기가 막혀 화가 났지만 신경세포가 정상적으로 살아났다는 사실에 가슴이 벅차올랐다. 점점 회복하는 남편의 몸에 좋은 것만 찾아 먹이고 싶어 가까운 시장을 자주 다녔다.

여인숙과 병실을 오고가며 한 달 넘게 간호를 했다. 남편은 군 병원 규정에 따라 대전 통합병원으로 옮겨야 했다. 기차로 장거리를 가야 하는 남편은 수술 부위 때문에 최대한 흔들림을 줄여야 했기에, 전신에 석고 기브스를 하고 먼 거리를 떠나야 했다.

떠나기 전 나는 남편에게 새 생명을 준 의사를 찾아갔다. 처음 봤을 때 엄숙했던 표정과는 달리 활짝 웃으며 반겼다. 감사하다는 인사를 수천 번 해도 부족할 게 없었다.

내 삶에 있어 가장 힘들었던 이십 대 중반, 그 고통의 터널을 무사히 빠져나올 수 있도록 도움 주신 의사 선생님께 지면으로 감사드린다. 세월이 까마득하게 흘러 이름조차 희미하지만 내 마음속에 영원한 은인이다. 일 년 가까이 남편을 간호하는 동안 친척집에서 잘 견뎌 준 자식들이 대견스러웠다.

버스로 가끔 '성황당' 길을 지나면 내가 머물렀던 여인숙과 아픈 기억이 스쳐 간다. 성황당을 지키는 신령님이 남편에게 기적의 힘을 불어넣어 주었다는 생각도 하면서….

(2002.)

고향 지킴이

이웃집에 살던 동갑내기인 용이가 메일로 고향 소식을 전해 왔다. 내가 다니던 학교에서 딸의 졸업식을 하게 되었단다. 교정을 바라보면서 졸업식 때 답사를 읽어 눈물바다를 만들었던 내가 생각났단다. 아득한 사춘기 시절을 기억나게 해 주는 용이가 고맙기만 했다.

용이는 사 형제 중 막내로 태어났다. 아버지는 농사일과 체 내림하는 직업으로 생활을 하고 있었다. 멀리서도 용이 아버지가 용하다는 소문을 듣고 찾아왔다. 제대로 음식을 못 먹고 온몸이 팅팅 부어 걸음조차 걷기 힘든 사람도 용이 아버지의 체 내림을 하고 가면 멀쩡하게 걸어 다녔다. 우리 이모부나 삼촌들도 용이 아버지의 체 내림을 하고 건강을 찾았다고 어머니는 늘 말했다. 어머니는 용이 어머니하고 친자매처럼 지냈다. 그리고 용이 아버지를 내 생명의 은인으로 생각했다.

내가 초등학교에 들어가기 전이었다. 어린 내가 온몸이 붓고 음식도 제대로 넘기질 못하자 병원에 데려갔는데 의사는 병명을 잡지 못하고 포기하라고 했다. 어머니는 지푸라기라도 잡는 심정으로 용이 아버지에게 데려갔다. 그 전까지만 해도 체 내림을 믿지 않았던 어머니였다. 용이 아버지는 긴 꿩 털에 쓴 약을 묻혀 목젖을 통해 내장까지 집어넣어 휘저었다. 나는 심한 구역질을 하며 토해내고 있었다. 시뻘건 고기 살점이 토악질에 섞여 나왔다. 세 차례의 체 내림으로 나는 부기도 빠지고 예전처럼 건강한 모습을 되찾았다고 한다.

용이 아버지는 키가 크고 미남이었다. 어머니는 아담한 키에 음식 솜씨가 뛰어나고 여성스러웠다. 어머니를 닮은 용이는 동그란 얼굴에 귀염성이 넘쳤다. 형이 도회지에서 사다 준 녹음기를 가지고 우리 집에 자주 놀러 왔다. 내 친구를 짝사랑했던 용이는 자전거 뒤에 친구를 태우고 사진을 함께 찍기도 했다. 용이의 녹음기를 틀어 놓고 친구들과 노래 자랑을 하며 보냈던 기억이 새록새록 난다.

용이는 내가 궁금해하는 고향 소식도 전해 주었다. 아버지 사진관이던 자리가 이제는 4차선 도로가 났다는 것과 나와 동생들의 태를 묻었던 집은 군 퇴역자가 새롭게 단장해 살고 있다고 한다. 문학 소녀였던 내가 어떻게 변했는지 궁금하다면서 가끔 고향 찾아오는 내 첫사랑에게 안부를 전해 주겠다고 웃으면서 말했다.

세월 가기 전 그를 만나 소주 한 잔 나누며 향수에 시린 내 가슴을 채워 오겠다고 용이에게 말했다. 고향 소식을 전해 주는 용이를 '고향 지킴이'라고 내가 이름 붙여줬다.

　그의 호탕한 웃음소리에 어느새 내 마음은 고향 집으로 달려가고 있다.

(2004.)

화랑 담배

오늘 하루도 자판기 일과 주변 청소를 하고 있었다. 자판기 주변에 흩어진 종이컵과 담배 꽁초를 줍다가 필터에 새긴 글을 읽었다.

"요즈음 병사들은 디스 담배 피우나 봐."

남편은 꽁초 줍는 나를 물끄러미 쳐다보며

"나 졸병 때는 필터 없는 화랑 담배 피웠는데…." 했다.

기억 속에 잊혔던 시린 사람이 떠올랐다. 1970년 가정 형편으로 상급 학교 진학을 포기한 채 마지막 여름 방학을 보내고 있었다. 몇 달 전 가출한 어머니를 기약 없이 기다리는 골목 안 평상마루가 나의 작은 쉼터였다. 점심을 먹고 더위를 피해 시원한 바람이 부는 골목으로 갔다. 평소에는 이웃들이 있었는데 그날따라 무료함을 잊기 위해 혼자 책을 보고 있었다. 평상이 흔들려 고개를 들어보니 낯선 남자가 서 있었다.

"보소 무슨 책인지 낼 좀 빌려 주소"

그는 억센 경상도 사투리로 넉살좋게 말을 건네 왔다. 어이없이 쳐다보는 나를 향해 눈웃음을 치며 다짜고짜 본인 소개를 했다. 앞집에 살고 있는 난희 삼촌이며 군 입대를 앞두고 형님 댁에서 입소 날짜를 기다리고 있단다. 물어보지도 않는 말을 일사천리로 자기소개를 했다. 그의 얼굴을 똑바로 쳐다보지 못했지만 떡 벌어진 몸이 운동으로 다져진 것 같았다. 두툼한 입술과 오똑한 콧날, 주위에서 또래들만 보아 온 내게 첫눈에 그는 큰 거인처럼 다가왔다.

그와 자주 부딪치는 시간이 많아지면서 어느 날부터 그가 보이지 않으면 은근히 기다려졌다. 충청도 말투와 달리 톤이 높은 경상도 사투리에 호기심도 갔다. 그는 주위 사람에게 들었는지 내 불우한 환경에 대해 넌지시 물었다. 나는 자존심도 상하고 창피하기도 해 얼굴이 홍당무가 되었다. 그는 할 말을 잃은 채 한참동안 내 눈치를 살피는 듯하더니 더듬더듬 발문을 열었다.

고향은 경북 군위이며 양친부모님이 시골에서 농사를 짓고 계시다. 형제는 삼 남매 중 본인이 막내라 부모님 귀여움을 독차지하며 살았다. 고등학교 졸업 후 무작정 서울로 갔는데 부모님 품에서 고생 모르고 살았던 그는 군대 가기 전 사회 경험을 쌓고 싶었단다. 그가 서울로 올라와 처음 찾은 일이 힘깨나 써야 하는 막노동판이었다. 집에서는 농사일도 제대로 안 해 본 그가 노동 현장에서 허리가 휘어지도록 일하며 하루해를 보내야 했다. 어깨에 상처가 나고 땀방울로 목욕을 하면서 이를 악물었다.

그렇게 몇 개월을 버티다가 다른 일자리가 생겼다. 이번에는 힘든 노동보다 발품만 팔면 수입이 꽤 짭짤하다는 말에 현혹되었다. 주부를 상대로 하는 입담 좋은 월부 장사를 시작했다. 책장사, 다리미 장사, 약 장사 등 거의가 여자들 상대로 판매하는 일은 만만치 않았다. 온 종일 집집마다 방문하면서 오해도 받고 입씨름을 하기도 했다. 그렇게 몇 년을 하다 보니 사람 보는 눈이 생겼단다.

이제 군대에 가기 위해 모든 일손을 놓고 왔다고 했다. 자신은 경험을 바탕으로 제대 후에는 어떤 일이든 잘해 낼 수 있다고 자신감에 차 있었다. 그의 말을 다 이해는 못 했지만 불끈 쥔 그의 두 주먹이 세상을 다 움켜쥘 것같이 보였다.

그와 마음을 터놓고 난 후 가끔 농담도 주고받는 사이로 발전되었다. 여름 방학이 막바지에 다가오자 다급해진 나는 그를 졸랐다. 방학 과제물을 가득 챙겨 그의 앞에 놓았다. 그는 특유의 사투리로 잔소리하다가 오빠처럼 군밤까지 주며 웃었다. 그리고 손가락을 내밀며 숙제해 주면 자신의 부탁을 들어 달라고 했다. 서슴없이 그의 새끼손가락에 내 손가락을 걸었다. 그 약속이 궁금했지만 어차피 과제물 받으면 무효라고 우기려고 했었다.

그가 무료함을 잊고자 때로는 영화구경을 가자고 여러 번 졸라도 거절을 했다. 그는 보름달이 뜨는 날이면 달빛이 아깝다며 철길로 산책 가자고 한 적도 있었다. 그러나 그의 부탁을 냉정하게 뿌리쳤다. 어린 마음이지만 잘못된 행동으로 마을에 소문이 나면 아버지에게 야단맞을 게 두려웠기 때문이었다.

더위가 끝날 무렵이었다. 평상에 내가 나타나지 않자 그는 처음으로 우리 집을 찾아왔다. 당황하는 나를 향해 이틀 후 군에 입대한다고 했다. 그러면서 내가 맡긴 과제물을 건네며 악수를 청했다. 그가 내미는 희고 두툼한 손을 잡는 순간 심장에서 천둥소리가 들렸다. 그는 파르르 떠는 내 손을 꼭 잡고 오래도록 놓지 않았다.

그가 나에게 새끼손가락 걸고 한 부탁이 입대 후 편지해 달라는 것이었다. 마지막으로 그는 또 한 가지 정표를 갖고 싶어 했다. 짧은 만남이었지만 그가 떠나는 날 곱게 포장한 손수건을 두 장 선물했다. 손수건은 이별을 뜻한다는 의미로 절대 선물해서는 안 된다는 걸 후에 알았다.

그가 떠난 후 평상에 앉아 있어도 그의 그림자가 어른거렸다. 월부 장사 다닐 때 겪었던 일을 손짓 발짓으로 다하는 그는 영락없는 코미디언이었다. 한여름 더위에 지친 이웃 사람들까지 즐거움을 주던 그의 빈자리는 가을과 함께 나를 평상에서 떠나게 했다.

마지막 학기의 교정은 된서리에 싸락눈이 살짝 덮인 듯했다. 운동장 여기저기 움푹 들어간 곳에 살얼음이 채워져 밟으면 바스락댔던 오후였다. 교무실에 다녀온 친구가 흰 편지 봉투를 주었다. 겉봉투에 적힌 그의 이름이 눈에 띄었다. 훈련소에서 고된 신병훈련을 마치고 수원으로 배치를 받았다는 그의 첫 편지에서 그동안 한 번도 내 비치지 않았던 속내를 글로 털어 놓았다. 막내로 자라온 그는 여동생 있는 것이 제일 부러웠다며 동생 하자고 했다. 부정도 긍정도 안 한 채 긴 시간 편지를 주고받았다. 항상 편지 속에서 용기와 희망을 북돋아 주던 그, 힘들었던 사춘기 시절 잠시나마 마음을 기댈 수 있었다.

그와 친 오빠처럼 편지를 일 년을 주고받았다. 어느 날 친구는 이웃에 이사 온 군인을 나에게 소개를 했다. 나는 군인과 점점 가까워지면서 그에게 편지하는 횟수가 줄어들었다.

그는 편지가 뜸한 이유를 알고 싶어 했다. 그와 순수하게 오빠 동생으로 쌓은 정이 있기에 솔직하게 털어 놓았다. 좋아하는 사람이 생겼다는 고백에 편지봉투가 터질 듯이 두툼한 답장이 그에게서 왔다. 빼곡히 써 내려간 구구절절한 사연들, 그동안 숨겨왔던 그의 심정을 읽고 얼굴이 화끈 달아올랐다. 첫 만남에서부터 지금까지 가슴 깊이 꽁꽁 숨겨둔 감정을 뜨거운 용암처럼 뿜어댔다. 갑자기 다가오는 그를 감당하기 힘들었다.

편지로 설득했지만 그는 이미 이성을 잃은 듯했다. 진심으로 오랫동안 나를 아껴주고 싶었던 그의 애틋한 마음까지 귀찮기만 했다. 입대 후 한 번도 만난 적 없던 그가 휴가 날짜까지 적어 보냈다.

아무리 생각해도 양친 부모 밑에서 단란하게 자란 그를 받아드릴 자신이 없었다. 도저히 생각다 못해 그 사람이 도착한다는 날 시골 할머니 댁으로 피해 버렸다.

나를 만나기 위해 먼 길을 온 그를 그냥 돌아서게 했다는 자책감에 한동안 시달렸다. 며칠 후 그에게 편지가 왔다. 불안한 마음으로 뜯었다. 봉투 속에서 무언가 '툭' 떨어지는 소리가 들렸다. 자세히 보니 납작하게 눌린 '화랑담배' 한 개비였다. 그의 마음을 백지에 싸서 보낸 그 사람의 무언의 마지막 편지였다.

투박한 질그릇 같기도 하고 톡톡 튀는 그의 입담은 사춘기 시절 동경했던 경상도 사내의 매력까지 지닌 사람이었다.

마지막 편지에 보내 온 그의 화랑담배 한 개비, 수수께끼를 세월이 지난 후 풀 수 있었다. 그 사람 마음속에 나는 화랑담배 연기처럼 영원히 사라진 여인이 되었을 것이다.

(2003.)

동갑내기 스승

닭이 홰를 치는 소리에 잠이 깼다. 어젯밤 머릿속에 번뜩 스치던 말이 생각나 더듬거려 핸드폰을 눌렀다.

"6시야, 일어나."

"으응, 고마워."

벌써 이틀째 새벽잠을 깨워 주고 있다. 중요한 약속이어서 실수하면 낭패를 본다.

즐겨 찾는 사이버 공간에서 우연히 만난 동갑내기, 컴퓨터가 말썽 부리면 원격으로 공간 사람들에게 봉사하는 친절한 친구이지만 한 번도 본 적은 없다. 원격으로 문제를 해결해 줄 때 답답하면 전화 통화로 하여 목소리만 기억하고 있는 친구다. 또 한 가지 그는 유리벽 공간에서 애틋한 사랑 시를 감미로운 목소리로 자주 낭송을 하는데 때로는 나를 위해 성우보다 더 멋진 목소리로 동인지 글을 낭송해 감동을 주기도 한다. 사랑 시를 써 보라고 권유하는 그의 깊은 뜻을 따라 주지 못해 내내 미안하다.

유머가 뛰어난 친구가 마이크만 잡으면 공간 사람들은 귀를 쫑 긋 세우고 기대를 한다. 아나나 다를까, 또 한 번의 폭소가 터졌다. 어느 날 친구는 처음으로 캠을 열고 익살스런 행동을 하며 여러 사람들에게 자신의 모습을 비췄던 적이 있다. 자세히는 못 봤지만 앞머리가 불빛에 번쩍거렸다. 목소리로만 그를 상상해 왔는데 편안하고 넉넉한 마음까지 엿보여 미소 짓게 했다.

밤늦게까지 노닥거리며 글 안 쓴다고 잔소리를 아끼지 않는 친구. 그런 그가 꼭 어린 시절, 놀이에 정신 팔려 공부 안 한다고 야단치는 아버지의 잔소리와 훤한 이마까지 닮았으니 더욱 정감이 갔다.

어느 날, 친구가 메시지를 보냈다.

"낼 새벽에 전화로 좀 깨워 줄래? 중요한 약속이 있어."

아무 생각 없이 그렇게 하겠다고 대답을 했다. 그와의 약속을 지키려고 잠까지 설쳤다. 잠깐 눈 붙인 사이 닭이 홰치는 소리에 벌떡 일어났다. 약속 시간보다 5분 정도 여유 있게 깨웠다. 그는 비몽사몽 전화를 받았다.

핸드폰을 닫고 창문을 활짝 젖혔다. 뿌옇게 밝아 오는 새벽 공기가 폐부 깊숙이 파고들었다.

"아~, 상쾌한 아침!"

기지개를 활짝 폈다. 창문 너머 넓은 정원에 아침을 여는 새소리, 산비탈에 활짝 핀 풀꽃들의 향기가 안개비를 타고 와 코끝을 간질인다. 머리맡에 펴놓고 잠들었던 글들이 술술 풀려 한 아름의

원고지에 가득 채웠다.

사흘째 되던 날, 어젯밤에도 또 깨워 달라는 부탁에 눈을 떴다. 불현듯 머릿속에 스치는 게 있었다.

'아니, 아침마다 나보고 깨워 달라고 하는 이유가 뭘까! 알람도 있고 주말 부부로 사는 가족도 있는데….'

'아차!' 머리를 탁 쳤다. 그때서야 그의 속 깊은 뜻을 깨닫고 있었다. 내가 늦깎이 나이에 어렵게 문학도가 된 사연을 보내 준 책을 통해 그는 알고 있었다. 하루가 멀다고 늦게 잠드는 행동을 지켜보며 안타까웠다고 했다. 그래서 새벽에 눈을 뜨면 머리가 맑아 글 쓰는 데 도움이 될 거라고 생각해 일부러 일찍 일어나도록 꾀를 낸 것이라고.

그의 따뜻한 배려에 눈물이 핑 돌았다. 글을 소홀히 한다고 늘 걱정했던 선생님 빼고는 감히 어느 누구한테도 쓴 소리 한 번 들은 적 없었다. 그래서일까, 원고마감이 가까워 오면 머릿속은 깜깜하고 짜증만 났다. 허겁지겁 밤을 새우며 간신히 원고를 채워 놓고 안도의 한숨을 내쉬곤 한 적이 얼마였던가. 그런데 지난해 친구가 무지한 나를 일깨워 준 덕에 올해는 걱정 없이 미발표 작까지 남겨 두는 여유로움까지 생겼다. 어떠한 말보다 행동으로 스스로 깨달음을 얻게 해 준 그는 또 다른 나의 스승이다.

그의 덕에 아무리 늦게 잠들어도 새벽이 밝아 오면 눈을 번쩍 뜨는 습관이 생겼다. 창문을 활짝 열고 심호흡을 한다. 친구의 말없는 질타가 떠올라 슬그머니 펜을 잡는다. '지지배 착하네! 열심히 혀.' 뿌연 안개 속에 혀 꼬부라진 친구의 장난기 섞인 목소리가 들려오는 듯하다.

'짜식아, 누님이 글 속에 주인공 만들어 주어 영광이라 해.'

글을 쓰기 전 그에게 미리 양해를 구했다. 그는 책이 나오면 제일 먼저 보낸다는 조건으로 허락을 해 주었다.

해마다 책 나오길 기다리는 친구들이 있어 하얀 밤을 밝히며 내 꿈을 향해 힘껏 새벽을 연다.

(2010.)

취하고 싶은 사람

"하필이면 내가!"

절박한 그의 목소리에 가슴이 철렁 내려앉았다.

음악 사이트에서 우연히 알게 된 그는 부산에 사는 동갑내기 친구다. 알고 지낸 지는 꽤 오래되었지만 만나 본 적이 없어 전화와 메시지로 그를 상상해 볼 뿐이다.

직업은 대형화물차 기사로 물건을 가득 싣고 지방으로 출장을 다닌단다. 그가 가끔 주는 신나는 선물이 있다. 고층 아파트에서 부산 초록빛 바다를 영상으로 찍어 보내는 것이다. 또한 양념으로 잔잔한 글까지 곁들이기도 한다. 그는 가끔 문학 소년이 되기도 한다.

어느 날은 전화를 걸어 수다를 떨다 두 사람의 생각이 딱 맞아떨어지면 전화기가 요동치도록 깔깔댄다. 우리는 고집불통 동갑내기 양띠라고 서로가 자신을 홍보기도 한다.

그런데 우울할 때 청량제 역할을 해 주는 그와 한동안 연락이

뚝 끊어졌다. 조심스레 메시지를 보냈더니 착 가라앉은 목소리로 전화가 왔다. 병원에서 링거를 맞는 중이란다. 건강검진을 받다 암세포가 발견되어 급하게 수술 날짜를 잡고 입원했단다. 뒤통수를 얻어맞은 듯 머리가 띵했다.

평소에 병원 문턱도 가본 적 없다고 큰소리치더니, 암이라는 병이 남의 일인 양 수술 날짜를 잡고도 믿기지 않는다고 했다. 또 갑상선 암은 여성들에게 많은 병인데, 자신의 성별이 태어날 때 잘못된 것 같다며 쓸쓸하게 웃었다. 어떠한 말로도 그의 착잡한 심정을 위로할 수 없었다.

오랫동안 한 번도 본 적 없는 친구 병실에 마음을 담은 화분이라도 보내고 싶었다. 마침 부산으로 전근 간 막내에게 사정 이야기를 하고 병문안을 부탁했다. 입원한 병실을 묻는 아들 전화를 받고 그가 정중히 거절한다고 영문을 모르는 아들은 의아해했다.

그는 아들 병문안을 거절한 후 전화를 했다. 주렁주렁 매달린 링거와 목에 꽂은 호스 등 초라한 몰골을 누구에게도 보여 주고 싶지 않다며 미안해했다. 그는 평소에 가까운 이웃과 친척들까지 병문안 오겠다는 것을 모두 사양했단다. 대화 속에 느꼈던 깔끔하고 대쪽 같은 그의 성품이 느껴졌다.

얼마 전 그는 젓갈이 맛나기로 소문난 곳으로 출장을 간다고 신이나 있었다. 가끔 전화로 주고받은 대화에서 내가 젓갈을 좋아한다고 했던 말이 생각났단다. 그는 직접 맛 좋고 싱싱한 젓갈을 꼼꼼히 골랐단다. 주인에게 택배를 부탁하고 나오다 포장이 미심

쩍어 다시 들어가 젓갈이 흐르지 않도록 뚜껑을 테이프로 여러 번 돌리고 나왔단다. 포장을 풀면서 그의 꼼꼼한 손길에 '피식' 웃음이 나왔다.

그는 퇴원 후 목소리가 약간 허스키하지만 기분이 좋아 보였다. 집에서 쉬는 것이 답답하다며 화물차를 접고 음악과 더불어 전국 명소를 누비고 다니는 관광버스 기사로 탈바꿈했단다.

그는 수술에 성공했다고 한 지 거의 일 년이 된 것 같은데, 암세포가 다시 자란다고 풀이 죽어 전화를 했다.

"하필 나에게 또 다시!"

말끝을 맺지 못하는 친구가 안타까웠다.

검사 결과에 따라 재수술이 결정된단다. 절박한 심정일 텐데 여유까지 부리며 술 마셔도 되냐고 의사에게 물어봤단다. 약간씩은 된다고 허락을 받았다며 수술하기 전 부산 아들집에 놀러 오라고 했다. 죽기 전에 꼭 한 번 만나고 싶은 친구란다. 나 역시 동갑내기로 입이 마르도록 자랑하는 부산 밤바다 야경을 만끽하며 그와 코가 비틀어지도록 취하고 싶다.

가슴이 터질 것 같아 혼자서 마이크 잡고 노래방이 떠나가도록 고래고래 소리를 질렀단다. 그러나 수술 후 맑은 음성을 잃어버려 노래 부를 자신이 없다고 엄살을 떨었다. 노래방에 친구들과 가고 싶은데 주변 사람들에게 탁한 목소리를 들려주기 싫단다.

요즈음 그에게 새로운 낙이 생겼단다. 나를 보는 재미라고 농담까지 한다. 막내아들하고 카톡이 연결돼 있어 우리 손녀를 볼 수 있단다. 내 아기 때 모습과 닮았을 거라며 혼자 상상의 날개를 펼치다가 아들보고 손녀 사진 많이 올려 달라고 개구쟁이처럼 조른다.

동인지가 나올 때마다 새로운 글을 기대하는 자네와 나는 백발이 되어도 영원한 동갑내기 친구라네!

(2012.)

고향 까마귀

"동인지 글 중에서 〈세상에서 가장 귀한 밥상〉을 읽다 보니 어린 시절 보릿고개가 생각나 마음이 찡하더라."

전화 속의 그의 목소리가 풋풋한 사과 향기로 다가온다.

꼿꼿한 모자와 나팔바지, 먼지 풀풀 날려도 눈길 한 번 못 맞추던 사춘기 시절이 있었다. 어쩌다 마을 골목길이나 학교에서 마주치기라도 하면 뽀송뽀송한 볼이 복숭아 빛으로 물들었던 그와의 우연한 만남이 오랜 시간 이어지고 있다.

결혼하고는 고향 소식이 끊기고 가까운 친구마저 연락이 단절된 채 아이들 키우느라 허둥대며 지냈다. 시골 오일장 서는 날이었다. 젖먹이는 등에 업고 뒤뚱대는 아이는 앞세우고 한나절에 한 대씩 오는 완행버스를 탔다. 손가락에 피멍이 들도록 장바구니를 들고 비좁은 버스를 헤집고 안으로 들어갔다. 헐떡거리는 숨을 몰아쉬며 잠시 정차한 버스 안에서 차창 밖을 무심히 내다보았다. 창밖에 푸른 제복을 입은 군인들이 웅성거렸다. 그 틈 사이로 병아리 계급장이 유독 눈에 띄었다.

"아! 저 군인은….”

한눈에 봐도 누군지 알 수 있었다. 그를 본 순간 반가움에 뛰쳐 나가려다 한참을 망설였다. 붕붕대는 자동차 소리에 마음만 조급해 발만 동동 굴렀다. 나는 무릎과 등에서 잠든 아이들과 초라한 내 옷차림을 번갈아 훑어보았다. 부끄럼도 한순간, 복잡한 틈새를 비집고 아이들과 함께 그의 앞으로 다가섰다.

"나 몰라?”

목구멍으로 기어드는 소리로 그를 빤히 쳐다보았다. 멍하니 눈 길을 마주치던 군인은

"어떻게 여기까지!” 하며 깜짝 놀라는 내 모습에서 앳된 단발머리 소녀를 떠올리는 듯했다. 그는 아이들 초롱초롱한 눈빛과 나를 번갈아 보며 벌린 입을 다물지 못하고 있었다. 터미널에서 우연히 만난 그와 차 한 잔 나눌 여유 없이 주소만 달랑 주고받고 아쉽게 헤어졌다.

그날 이후 내가 사는 집과 가까운 사단에 근무하는 그와 주마다 편지를 주고받았다. 그는 정겨운 글로 내가 살던 이웃과 친구들 근황까지 날라다 주는 고향 까마귀 역할을 톡톡히 해냈다. 일찍 결혼해 객지에서 가슴앓이 하는 나에게 고향 소식을 백지에 가득 담아 보냈다. 또한 남몰래 간직한 그의 아픈 사연을 조금이나마 달래려는 편지가 핑크빛으로 물들 때도 많았다. 친구이기에 서로 스스럼없이 속내를 털어놓는 그가 가까운 곳에 있어 위안을 삼았

는데 어느새 삼 년이 훌쩍 흘러갔다. 힘든 군 생활을 무사히 마친 그는 고향 간다는 마지막 편지로 연락이 끊어졌다.

강산이 두 번 바뀔 무렵, 전화 속에서 내 이름을 찾는 낯선 남자 목소리가 들렸다. 본인을 확인하고 누군지 맞추라는 장난기 섞인 중후한 목소리가 도통 누군지 감 잡기 힘들었다. 나를 향해 마냥 개구쟁이 소년이 된 그에게서 고향 까마귀가 떠올랐다.

동창 모임에서 군대 이야기가 나오면 그는 늘 철원에 사는 내가 떠올랐단다. 첫 휴가 때 귀대하면서 나를 만났던 이야기를 화제로 꽃피웠다고 말을 했다. 그 친구는 동창 모임에서 내 소식을 우연히 말하다가 우리 집을 다녀간 사람으로부터 내 전화번호를 받게 되었다. 그와 나는 전화기를 잡고 지나간 추억담에 빠져 오래도록 수화기를 놓지 못했다.

그와 두 번째 만나던 날, 지하철 역 오고가는 수많은 인파 속에서 한눈에 알아보고 서로 웃어젖혔다. 꽃다운 나이에 헤어져 불혹의 나이에 마주잡은 손은 거친 손마디가 떨어질 듯 흔들었다. 건대역을 빠져나와 차를 몰고 가는 그의 희끗해진 옆머리에서 중년의 여유로움이 묻어났다. 무작정 차를 몰고 가는 그에게 행선지를 물었다.

"사 먹는 밥보다 집에서 먹자! 애엄마보고 맛난 것 준비하라고 했어."

그는 경치가 아름답고 공기가 맑은 새 아파트로 나를 안내했다. 셋방과 전세를 전전하다 아내의 알뜰한 살림 솜씨로 마련한 새집,

거실은 마치 시골집 대청마루에 앉은 듯 아늑했다. 현관에서 다소 곳이 맞이하는 그의 부인은 상다리가 휘어지도록 맛깔난 음식을 내놓았다. 또 부부가 바라보는 정감 어린 눈길과 대화 속에서 남다른 부부애가 엿보이고, 붕어빵 숙녀들도 그들을 닮아 심성이 맑아 보였다.

아내의 정성 어린 음식 모두가 내 입에 꿀맛이었다. 식사가 끝나고 자리를 피해 주는 그의 아내에게 미안한 마음이 들었다. 숲이 보이는 대청마루에서 그와 해 지는 줄도 모르고 이야기꽃을 피웠다.

자리를 털면서 지하철역을 묻는 말에 당황한 그는 아내에게 딸 방을 말끔히 치우고 새 이부자리까지 펴놓으라 했다. 부부의 손길을 뿌리치지 못하고 밤이 이슥하도록 우리의 친구이자 그의 가슴에 꼭꼭 숨겨 둔 핑크빛 첫사랑과 함께 추억 속 여행을 떠났다. 그는 아내가 정성껏 내놓는 달콤한 식혜로 마른 가슴을 촉촉이 적셨다.

찬송가가 집 안 가득 퍼지는 이른 아침이었다. 그의 아내는 고향 저수지에서 직접 잡아 올렸다는 우렁이를 넣어 된장국을 끓였다. 구수한 국물 맛이 깔깔한 입맛을 돋웠다. 소박한 밥상 앞에서 두 손을 모으는 부부의 기도는 삭막한 내 가슴을 파고들었다.

친구는 버스 타고 갈 때 입이 마르면 먹으라고 슬며시 가방에 사탕을 넣어 주었다. 그의 다정한 모습을 볼 때마다 군 생활 동안 면회 못 가 본 미안함이 마음속에 남아 있다.

찌든 이웃들의 삶이 묻어나는 내 글을 읽고 격려해 주며 용기를
북돋워 주는 고마운 그에게 동창 모임 소식과 함께 고향 까마귀가
되어 전화기를 든다.

(2008.)

억세게 운 없는 사내

뒤로 넘어져도 코 깨지는 친구가 있다. 전화할 때마다 그가 맘껏 웃을 수 있도록 나는 개그맨이 된다. 그의 하소연을 듣고 있다가 복도 지지리 없다고 하면 그도 덩달아 '맞아 맞아…' 하며 맞장구치면서 껄껄 웃는다.

그와는 취미가 같은 음악 사이트에서 우연히 알게 되었다. 알고 지낸 지 꽤 오래되었고, 동갑내기다 보니 자연스레 친구가 되었다. 힘들 때마다 그는 자신의 파란만장한 삶을 한 대목씩 털어놓곤 했다. 또 한쪽 손이 의족이라는 말을 숨김없이 털어놓았다.

그는 사고로 손목을 절단하고 다니던 직장도 그만두게 되었다. 직장을 그만두는 것도 모자라 아내마저 가출하고 말았다. 그래서 어린 것들을 노모 손에 맡겼다. 아이들이 어느 정도 성장하자 죽도록 고생하던 어머니가 치매를 앓기 시작했다. 자신의 장애로 노모를 감당하기 힘든 나날을 보냈다. 보다 못한 이웃들의 주선으로 어머니를 요양시설로 보내게 되었다. 그는 지금까지 어머니를 제대로 모시지 못한 죄책감에 시달리고 있었는데 공황장애까지 있다고 했다.

그는 어머니를 요양원으로 보내 놓고 장애우 시설에서 일을 하며 몇 년을 살았다. 근근이 모은 돈으로 작은 연립까지 마련한 것은 자신이 마련한 집에서 하루라도 다리 뻗고 편안히 잠들고 싶었다. 또한 마지막 인생을 함께할 동반자를 만나 새로운 삶도 설계하려고 마음먹었다.

어느 날, 그는 부푼 꿈을 안고 살 집을 둘러보러 갔다. 평소에 깐족거리는 이웃 사내와 사소한 시비가 붙었다. 서로 밀고 당기는 몸싸움에서 그는 중심을 잃고 쓰러졌다. 넘어지면서 어깨뼈가 탈골이 되고 잠깐 정신도 잃었다. 119로 실려가 대 수술을 받는 동안 어찌 된 영문인지 그는 억울하게 피해자로 몰렸다.

나중에 알고 보니 병문안 온 이웃 사람들이 합의하라는 말에 긍정적으로 대답을 했다. 지나치는 말 한 마디가 훗날 큰 화근이 될 줄 꿈에도 몰랐다. 상대는 그것을 악용했고 자신은 가까운 사람들 배신에 치를 떨었다. 세상만사가 귀찮아진 그가 잠깐 없어진 사이에 더 난감한 입장으로 몰리게 되었다. 법에 항소할 시간을 놓치고 말았다. 실수로 삶의 궁지에 몰린 그에게 내가 해줄 수 있는 선물은 코미디처럼 웃음꽃뿐이었다.

그의 사연을 듣고 너무 답답해 혹시나 하는 기대감으로 아는 변호사를 연결해 주었다. 내가 주선해 준 변호사도

"진작 손을 썼더라면…."

하는 안타까운 대답뿐이었다. 그 소식을 듣고 그에게 잠시라도 맘껏 웃을 수 있도록 전화를 했다.

"나중에 누님이 요양시설을 차리면 동생부터 데려올게."

"그려, 꼭 누님 곁에 살고 싶어."

동갑내기지만 농담으로 누나라고 말하면 전화통이 깨질 듯이 웃는 그가 마치 어리광스런 동생 같다. 그의 화통한 웃음소리에 그동안 닥쳐온 불행은 다 물러가고 좋은 일들, 기쁜 일들이 찾아와서 '억세게 운 좋은 사내'가 되기를 간절히 바라는 마음이다.

(2013.)

커피 향 같은 자식

마당에 목련이 하얗게 핀 봄날, 평소에 광고지로 가득 차 있던 우체통에 꽃잎 같은 편지 한 통이 있다. 몇 달째 소식 없던 찬이의 편지였다. 휴학을 하고 군대에 입대한 소식과 활짝 웃는 사진과 깨알 같은 글씨에 따뜻하고 섬세한 그의 마음을 동봉한 아름다운 편지였다.

-본문 중에서

약손

작은아들 집에서 수술을 앞둔 셋째 손녀 시중을 들고 있다. 새벽부터 허둥대며 일터로 가는 엄마 치맛자락을 잡고 떼쓰는 손녀를 얼른 업어주었다. 한동안 내 등에서 칭얼대더니 잠이 들었기에 손녀를 자리에 눕히자 몸태질하며 악을 썼다. 떼쓰다 지친 얼굴에 번진 물기를 닦아내고 들먹이는 가녀린 어깨를 토닥였다. 손녀는 내 손길이 푸근했는지 윗옷을 반쯤 올리고 뽀얀 등을 내밀었다.

뽀송뽀송한 살결을 투박한 손으로 어루만지며

"할미 손이 약손이다. 우리 아기 잘도 잔다…."

하고 한참 동안 흥얼댔다. 그러다 보니 어느새 내 자장가에 손녀의 눈꺼풀은 점점 게슴츠레 내려앉았다. 쌔근쌔근 숨을 쉬며 잠이 든 손녀의 긴 속눈썹과 바라보고 있자니 등을 들이대는 버릇이 제 아비인 둘째와 꼭 닮았다.

둘째는 어린 시절 형제들 틈에서 따뜻한 내 손길 한 번 제대로 받지 못하고 자랐다. 동생이 없는 날이면 둘째는 슬며시 내 무릎에 얼굴을 묻고 내 거친 손을 등으로 밀어 넣었다.

다른 형제에 비해 유독 뽀얀 피부를 가진 둘째의 매끄러운 등짝에 북두칠성 그림자가 선명하게 자리 잡고 있었다. 국자 모양의 크고 작은 점들이 가렵다고 응석 부리는 둘째의 등에 점을 하나하나 찍어 가며

"엄마 손이 약손이다. 착한 우리 아들….."
하고 흥얼대는 소리를 자장가 삼아 게슴츠레 눈을 감기고 이내 잠이 들곤 했다. 내 무릎에서 잠이 들었던 둘째의 긴 속눈썹이 떼쓰다 잠든 손녀와 어쩜 저리 닮았을까. 저절로 감탄사가 나왔다.

나의 어린 시절도 아들, 손녀와 닮은 점이 많다는 생각이 들었다. 늘 어머니 정에 부족했던 나는 방학 때면 시골 할머니에게 달려갔다. 어머니 젖가슴처럼 푸근한 할머니는 딸이 귀한 집안에서 얻은 손녀를 애지중지했다. 할머니는 땀을 뻘뻘 흘리며 이십여 리 길을 걸어온 손녀를 무릎에 눕혀 놓고 유난히 까만 내 살결을 어루만져 주며

"우리 손녀 등가죽이 까맣게 말라붙었네! 에미는 뭐하고…."
하고 혀를 끌끌 찼다. 나는 할머니 말이 서러워 콧물을 훌쩍였다. 할머니가 쓰다듬는 명주실보다 고운 손길을 타고 나는 꿈나라로 가곤 했다.

약골인 손녀는 할미인 내 손에서 건강을 되찾을 것이다. 제 아비는 어미 약손으로 반듯하게 키워 냈다. 반세기를 살아온 나 역

시 세상 어느 귀한 약보다 할머니의 애정 어린 약손이 어린 시절 아픈 기억까지 녹여 줬다고 믿는다.

모처럼 가족이 모인 휴일이다. 삼십 대 중반을 바라보는 자식들이 내 양 무릎에 눕는다. 어리광스런 흉내로 어미보고 약손되어 달라고 떼를 쓰다 쑥스러운 듯 웃어젖힌다. 아들들 장난기를 미소로 바라보는 며느리들을 향해

"이제부터 너희들 약손은 엄마가 아니라 곁에서 오래도록 지켜 주는 동반자란다."

하고 말해 주며 슬며시 무릎을 빼냈다.

동구 밖에서 이십여 리 길을 걸어오는 어린 손녀를 눈 비비며 기다렸던 할머니의 따뜻한 약손이 유난히 그리운 늦가을 저녁이다.

(2008.)

반송골 댁

'반송골' 댁과 핸드폰이 뜨거울 정도로 수다를 떨었다.

그녀는 열아홉 살 때 이웃 마을인 '반송골'에서 동갑내기인 오빠를 따라 인사를 왔다. 첫눈에 시골에서 자랐다고는 믿기지 않을 우윳빛 피부가 눈부실 정도로 예뻤다. 아담한 키에 세련된 옷매무새까지 어디 흠 잡을 데 없는 새언니의 해맑은 미소가 마음에 든다며 아버지는 며느리 셋 중에서 제일 좋아했다.

통학버스 안에서 고등학생인 오빠와 미용학원에 다니던 언니가 첫눈에 반해 사랑이 싹텄다. 훤칠한 키에 말 수완이 뛰어난 오빠가 언니의 콩닥거리는 마음을 훔친 듯했다.

아버지는 오빠가 학교를 졸업하자마자 결혼 준비를 하느라 동분서주하였다. 이유인즉 언니가 아기를 가졌기 때문이었다. 철부지 부부는 시골에 홀로 계신 할머니를 모시고 신접살림을 차렸다. 첫딸을 낳고 얼마 되지 않아 오빠는 군대에 갔다. 언니는 넉넉지 못한 시골 살림에 돼지도 키우고 밭에서 나는 작물을 내다 팔아 근근이 생활을 꾸려 나갔다.

　방학 때 할머니 댁에 가면 언니는 바람 불면 날아갈 것 같은 가녀린 몸으로 두 손을 걷어붙이고 집안일을 해냈다. 짚으로 얼기설기 엮은 투박한 물지게로 어깨가 휘어지도록 공동 우물에서 물을 퍼 날랐는데 가마솥 옆에 묻어 놓은 항아리가 가득 넘치도록 물질하는 언니를 보기만 해도 애처로웠다.

　나는 고생하는 언니에게 조금이나마 힘이 되려고 난생처음 물지게를 지고 공동 우물로 향했다. 까마득한 우물에 두레박을 첨벙 담갔다. 벽을 치고 내려가는 덩그렁 소리에 현기증도 나고, 물을 가득 담고 올라오는 두레박 무게에 어깨가 힘겨웠다. 양동이에 물을 반쯤 담아 물지게를 지고 가면 다리는 휘청거리고 앞뒤에서 누가 잡아당기는 것 같아 곧 넘어질 것만 같았다. 길에 반은 쏟아 가며 항아리에 물을 채우려면 어깨가 벌겋도록 여러 번을 다녀야 했다. 얼굴이 땀으로 범벅되어도 고생하는 언니만 생각하면 힘들지 않았다.

　오빠가 군대 가기 전 가꾸어 놓은 밭에서 포도가 익어 갈 때면 언니의 손길은 더 빨라졌다. 개미처럼 부지런한 언니는 탐스런 포도를 머리에 이고 뿌연 새벽안개를 가르며 시오리가 넘는 '연산장'에 내다 팔았다. 언니는 어스름 산길에 바스락거리는 소리도 아랑곳하지 않고 두둑한 주머니만 꼭 쥐고, 동구 밖에서 아기 업고 서성이는 할머니 생각에 팅팅 불은 젖가슴을 꼭 안고 뒤꿈치가 안 보이도록 달렸다.

추수 때가 되면 생전에 할아버지가 정성 들여 가꾸어 놓은 나무에 가지가 꺾이도록 감이 달렸다. 반송골 댁은 키보다 배가 넘는 대나무 장대로 목이 늘어지도록 감을 꺾고 또 꺾었다. 그런 다음 부엌 나뭇가리 귀퉁이에 손끝이 닿지 않는 커다란 항아리를 묻었다. 감 한 줄을 놓고 짚 고르기를 반복하며 떡시루 안치듯 쌓아갔다. 반송골 댁은 할머니가 수년 해 오던 안팎살림을 맡으면서 겨울 간식까지 꼼꼼히 해내고 있었다.

그렇게 채운 감항아리는 방학하면 들이닥칠 할머니 친손녀 외손자들의 간식이 되어주었다. 한겨울밤 살짝 얼음이 도는 홍시는 맛깔스러운 별미였다. 은은한 달빛이 비치는 창호지 문 밖에 거짓말처럼 부엉이가 우는 밤에 언니가 꺼내 준 감을 먹으면서 들었던 할머니의 옛날이야기는 내 소중한 추억 속에 아스라이 남아 있다.

밤이면 춤추는 석유 등잔불과 벌겋게 타오르는 화롯불이 겨울밤의 방 안 온기를 따뜻하게 감싸 주었다. 화롯불에 보글보글 끓는 된장국과 동동 살얼음이 떠 있는 무청 달린 동치미는 궁합이 맞았다. 곁눈질할 틈 없이 허기진 배를 채웠던 아득한 시절이었다.

할머니가 쓰신 안방 벽에는 긴 대병에 들기름을 매달아 놓았다. 시뻘건 무채나물을 무치는 날이면 할머니는 고슬고슬한 흰쌀밥에 귀한 들기름 한 방울을 떨어트려 쓱쓱 비벼 주었다. 얼큰한 그 맛, 할머니의 손맛을 칠순을 바라보는 반송골 댁이 고스란히 이어 오고 있다.

안방으로 난 쪽문 사이에서 숨죽이며 오빠와 신접살림했던 반송골 댁은 탑정리 저수지에서 억척스레 물질을 했다. 용돈 달라고 투정 부리는 오빠에게 징거미를 내다 팔아 할머니 몰래 챙겨 주던 누이 같은 반송골 댁이었다.

가정에 애환이 닥칠 때마다 꿋꿋하게 이겨 낸 반송골 댁도 이제 나이가 들어 걷는 것조차 힘들다. 그런 모습을 볼 때마다 꽃 같은 청춘을 훔쳐 간 세월이 야속하기만 하다.

택시 운전으로 근근이 살아가는 오빠는 아직도 철부지 행동으로 언니를 힘들게 한단다. 언니는 엊그제도 화투판에서 밤을 샜다고 투덜대다가,

"언니! 오빠 버리지 않을 거지요?" 하니

"아이고~ 아가씨, 이제는 내가 병들어 오빠가 날 버리면 큰일 나!"

했다.

우리는 한바탕 까르르 댔다.

(2012.)

보상금

"선생님, 몇 주 진단이 나올까요?"

"아마! 어깨니까 십일 주는 나올 테지요."

주사기에 약을 주입하던 간호사도 한 바탕 웃어젖힌다. 진료실에서 들리는 웃음에 대기실 간호사까지 열린 문 틈새로 빠끔히 들여다본다.

진료받은 환자들의 입소문에 의하면 정형외과 의사가 외지에서 온 지 얼마 안 되지만 다른 곳에서 꽤나 명성이 나 있었다. 무릎 통증 때문에 처음 봤을 때 키도 크고 무뚝뚝해 보여 진료하면서 묻는 말만 대답을 했다. 몇 번 진료받다 보니 아픈 곳이 궁금해졌다.

"선생님! 다리가 아프다 허리가 아프고, 왜 이런대요?"

의사는 컴퓨터 자판을 치던 손을 멈추고 나를 빤히 봤다.

"나두 아퍼유!"

진료를 할 때 근엄하던 모습과 달리 느닷없이 내뱉는 그의 말에 깔깔대며 진료실을 나왔던 적이 있었다.

다리 치료를 받고 나니 등짝이 뒤틀려 오른팔조차 올리기 힘들었다. 다친 적도 없는데 야밤에 참기 힘들 정도로 뒤틀려 응급실을 찾은 적도 있었다. 온몸에 통증이 올 때마다 파스나 침으로 치료받고, 좀 무리하다 싶으면 다리가 뻐근하고 장딴지까지 당기며 심한 고통으로 이어졌다.

진료 순서가 되었다. 어디가 아프냐고 묻는 의사에게 나는 윗옷을 올리고,

"선생님! 아기를 많이 업어도 등이 아픈가요?"

"그럼요, 자녀가 몇인가요?"

"셋인데요, 저는 유모차가 없는 시절이라 등에 업고 키웠어요. 혹시나 아이들 때문에 얻은 병인가 해서요."

의사는 구릿빛 얼굴에 미소를 가득 띄우며

"그럼요. 십일 주 진단 나오는데 떼어 드릴까요?"

"자식들에게 보상금 청구하면 받을 수는 있나요?"

"얼마든지 받을 수 있어요. 자식이 여럿이니 많이 받으면 한턱 내요."

넉살맞게 주고받는 말에 간호사들까지 터져 나오는 웃음을 참지 못하고 까르르댔다.

아픈 부위 여러 곳에 주사기를 사정없이 찔러대도 눈을 꼭 감고 참아냈다. 의사와 농담을 나누다 보니 어느새 간호사는 반창고를 붙여 주며 끝났다고 했다.

세 아이 모두 우량아로 태어나 세 살이 다 되도록 등에 업고 키웠다. 포대기가 미끄러워 줄줄 내려가면 양팔을 아기 엉덩이에 받치고 손깍지해 가며 다녔다. 친정이라도 가려면 기저귀 가방이 터지도록 세 아이 입을 옷까지 챙겼다. 허리가 휘어지고 어깨가 부러진다 해도 아이들에게 필요한 물건은 손가락 마디가 피멍이 나도록 꼭 준비해 가지고 다녔다.

아이들 키울 때 등을 가장 혹사했던 건 남편이 반년 넘도록 병석에 누워 있었던 때였다. 백일 지난 어린 것을 업고 남편 대소변은 물론 밥까지 떠먹여 가며 등짝에서 아기를 잠시도 내려놓지 못했다. 남편 병간호하기가 힘들어 외국으로 입양을 보내자는 친정어머니 말을 등에서 아기가 들었는지, 아기는 등에서 떨어지기만 하면 악을 쓰며 울었다.

자식들 그늘막이 되었던 굽은 내 등짝, 이제는 무거운 짐을 내려놓고 망가트린 범인들에게 피해 보상금을 받고자 전화기를 들었다.

"엄마! 바닷가 놀러 갔다가 좋아하는 젓갈 골고루 사서 부쳤어."

큰아들의 든든한 목소리가 들렸다.

"어마이! 이번 휴일에 생수 가져갈게. 귀찮은데 물 끓여 먹지 마."

가까이 사는 딸내미보다 예쁘장한 둘째였다.

"민자 씨! 비가 억수같이 오는데 자갈치 시장 가서 싱싱한 생선

부쳤어.”

　부산으로 전근 간 막내가 코맹맹이 소리로 전화를 했다.

　'아고야~, 말도 꺼내기 전 보상금을 자진 납부하네! 흥~ 아직
도 갚으려면 멀었다, 이 녀석들아.'

　　　　　　　　　　　　　　　　　　　　　　　　(2011.)

탑정호에서

봄 햇살이 눈부신 오후 아버지 고향인 논산 탑정호를 찾았다.

탑정호 야외무대에서 지역 예술인들이 공연을 하고 있었다. 매주 수요일이면 면회 오는 훈련병 가족과 지역 주민들, 또 호수를 찾는 관광객을 위한 위문공연이었다.

나는 이곳에 올 때마다 아버지 흔적을 찾으려고 호수를 혼자 거닐며 텅 빈 가슴을 눈물로 적실 때가 많았다. 또 해질녘에는 노을빛이 붉게 물든 호수에 넋을 놓고 깊은 환상에 빠지기도 했었다.

슬픔이 짙어 시장기가 밀려오면 호수 주변에 있는 붕어찜 식당을 찾곤 한다. 평소에는 입도 대지 않는 민물고기지만 아버지와 추억이 서린 고향을 찾는 날만은 붕어찜 바닥에 깔린 시래기라도 꾸역꾸역 먹었다. 푹 퍼진 시래기에서 생전에 할머니와 아버지께서 즐겨 드시던 얼큰하고 쌉쌀한 맛이 내 콧잔등을 새큰거렸다.

오늘만은 영산홍이 흐드러진 야외공연장에서 예술인들의 다양한 공연에 나는 흠뻑 빠져 들었다. 신명나는 사물놀이와 무명가수가 부르는 트로트가락에 맞춰 신나게 춤을 추는 어르신을 보면서 덩달아 내 어깨까지 들썩거렸다.

흰 백바지 의상이 돋보이는 가수는 내 애창곡인 배호 노래를 불렀다. 흐느끼며 꺾어지는 환상적인 목소리가 호수가로 여울처럼 울려 퍼지자 온 몸을 짜릿하게 감싸 안았다. 마치 배호가 환생한 듯 내 눈가를 촉촉이 적셨다.

무르익어 가는 공연이 열기와 내리쬐는 햇볕, 호숫가에 핀 화사한 봄꽃으로 내 얼굴은 홍조로 물들었다. 나는 남은 공연을 구경하려고 겉옷을 벗어 머리에 그늘까지 만들면서 공연 관람에 몰입되었다.

다음 출연자는 중앙 무대에서 활동했다는 오페라 가수였다. 준수한 외모에 폭넓은 성량으로 나에게 익숙한 〈베사메무쵸〉를 부르는 게 아닌가. 노래에 매료되어 발장단으로 나는 박자를 맞추었다. 노래에 취해 눈을 지그시 감은 내 영혼, 환상의 날개를 달고 호수 주변을 빙빙 돌았다.

나는 늘 아버지 고향에 올 때마다 눈시울을 적시며 돌아서곤 했다. 그런데 오늘만큼은 눈끝이 시리도록 핀 영산홍처럼 활짝 웃었다. 그리고 할머니 젖가슴에 안기듯 푸근한 고향향기에 취해 그리운 이름을 부른다.

아버지….

(2015.)

할머니와 화장지

자동차 안을 정리했다. 주유소에서 주는 사은품 화장지들이 많이 나왔다. 뜯지도 않은 휴지는 이웃집 언니에게 주고, 쓰다만 것은 책상에 갖다 놓았다.

한 장씩 뽑을 때마다 차례를 기다리듯 다음 장이 쏘옥~쏘옥 나온다. 마치 순서를 기다리는 얌전한 학생 같다. 참으로 사용하기 편리하게 만들었다. 이렇게 흔한 휴지를 볼 때마다 할머니 생각이 난다. '할머니가 지금 시대에 살았으면 두루마리 휴지를 넉넉히 사다 드렸을 텐데.' 오늘따라 할머니의 거친 손끝이 눈에 밟힌다.

어린 시절, 방학하면 할머니가 사는 시골에 가려고 터덜대는 버스를 한 시간 남짓 탔다. 그리고 타고 온 만큼 비포장도로를 걸어야 탁 트인 탑정리 저수지가 한눈에 보였다. 멀리 저수지만 보여도 할머니를 만날 수 있다는 설렘에 먼지 풀풀 나는 황톳길을 단숨에 달렸다.

마을 어귀에 도착하면 굴뚝에서 뿌얀 연기가 집집마다 피어올랐다. 한참을 지나 대나무 골목길을 벗어나면 할머니의 굽은 낙타 등이 분주하게 움직이고 있는 부엌이 보였다. 마치 할머니 냄새가 먼저 달려 나와 반기는 것 같았다.

"할머니! 할머니~!"

벌겋게 타오르는 장작불 가마솥에선 '뽀로록…' 하얀 향기 꽃을 뿜어냈다. 손녀 목소리에 고개를 돌리는 할머니의 붉은 볼이 항아리에서 겨울 동안 익은 말랑말랑한 홍시보다 더욱 고왔다.

"아이고! 우리 손녀딸, 어여 오너라."

광목 앞치마에 손을 씻고 문턱을 나오는 할머니의 잇몸이 훤히 보인다. 층층 돌계단을 올라 품에 안기며 배시시 웃는 손녀 등을 토닥대는 손에서 할머니의 냄새가 코끝에 찡했다.

당시 할머니 집에 가면 맛있는 것이 많았다. 요술 창고가 있는 것처럼 토속 음식이 내 입맛을 사로잡았다. 특히 뒤뜰 장독대에는 키 높이대로 항아리가 놓여 있었고 순서대로 밑반찬이 가득해 방학 내내 입이 호사를 했다.

또 나보다 일곱 살 위인 오빠가 있어서 심심치도 않았다. 서로 가끔 다투어 할머니의 애간장을 많이 태웠어도 고집불통인 나와 달리 성격 급한 오빠의 화해로 금세 웃었다.

어느 날, 오빠는 나를 향해 잔뜩 화가 나 있었다. 나는 구석에 쪼그리고 앉아 펑펑 울고, 할머니는 중간에서 누구 편도 못 들고 돌아앉아 긴 곰방대만 뻐끔댔다.

사연인즉, 오빠가 어느 날 숙제하려고 책을 넘기다가 기절하듯이 안방으로 달려왔다. 속살 파먹듯이 찢겨 나간 교과서를 들고 집 안이 뒤집힐 정도로 난리를 쳤다.

화장지가 귀한 시절 시골만 가면 제일 불편한 것이 화장실이었다. 흔들대는 발판이 발만 헛디디어도 빠질 것 같아 무서웠다. 또 한 가지 화장실에 가면 부드러운 볏짚을 작은 크기로 돌돌 말아 짚으로 엮은 동고리에 담아 놓았다. 할머니는 휴지 대신 한 개씩 사용하도록 했지만 따가워 쓸 수가 없었다.

다행히 할머니가 삼십 리 길 장에 다녀오는 날에는 물건을 싸 온 신문지나 누런 시멘트 종이가 있어 화장지로 며칠은 사용할 수 있었다. 그것마저 떨어지면 오빠 몰래 교과서나 공책을 찢어 화장지로 썼다.

내 딴에는 방학 끝나고 집에 가면 오빠가 모를 거라는 철없는 생각을 한 결과였다. 이런 철부지 동생의 얄미운 행동에 때리지도 못하고 악만 쓰던 까까머리 오빠, 이제는 칠순을 바라보는 나이가 되었다. 지금도 가끔 오빠 만나면 옛일이 떠올라 웃음이 나온다.

평생 잊을 수 없던 것은 남매 사이에 애꿎은 장죽 곰방대만 화롯불에 탕탕 치던 할머니의 말없는 호령 소리였다. 또 서러워 우는 손녀에게 오빠 몰래 찡긋하던 할머니의 그 눈빛이었다.

다시는 그 시절로 돌아갈 수도 그리운 할머니를 만날 수도 없다. 그래도 마음만은 책상에 쌓인 화장지를 안고 할머니 품으로 달려가고 싶은 그리운 겨울밤이다.

(2013.)

넷째 아들

나에게는 넷째 아들이 있다. 뱃속으로 낳은 삼 형제 이외에 인연으로 맺은 아들 하나가 더 있다. 넷째 아들과 인연을 맺은 것은 2년 전이다. 넷째는 우리 부부가 자판기 일을 하는 부대의 탈영병이었다. 부대장 말이 병사는 외동아들로 입대 뒤 뺑소니차에 아버지가 돌아가셨다. 그 충격으로 어머니마저 병석에 누우셨다는 소식에 탈영을 결심했다는 것이다. 왜 그랬느냐는 물음에 병사는 '엄마가 보고 싶었다.'고 답해 지휘관들이 무척 가슴 아파했단다.

요즈음 세상에 여자 문제나 군에 적응 못해 탈영했다는 소리는 들었다. 그런데 엄마가 보고 싶어 그랬다는 말에 세 아이의 부모인 남편과 나는 가슴이 아팠다.

우리 부부는 병사의 축 처진 어깨를 꼭 감싸 주고 싶었다. 밤새 남편과 상의한 끝에 병사를 넷째 아들로 받아들이기로 했다. 먼저 면회를 신청하여 병사를 집에 데려와 편안히 쉴 수 있는 방을 마련해 주고 셋째와 이야기를 나누도록 해 주었다. 매달 용돈도 주고 훈련 갈 때는 필요한 물건을 챙겨 주었다. 자판기 일 갈 때 색다른 음식을 하면 일부러 싸들고 가서 면회를 했다. 병사는 차츰 우리 아들이 되어 갔다. 우리를 부모처럼 믿고 따르는 것은 물론 근무도 더욱 열심히 했다. 또 내성적인 성격으로 말도 잘 안하던 그가 이제는 제법 밝아져서 병사들과 잘 어울렸다.

그러던 어느 토요일, 밥이라도 사 먹일 양으로 식당으로 데려갔다. 주문한 음식이 나오는 동안 넷째는 어머니에게 전화하겠다며 밖으로 나갔다. 그런데 한참이 지나도 돌아오지 않았다. 나는 혹시나 하는 마음에 전화 부스에 가 보았지만 없었다. 가슴이 철렁 내려앉았다.

나는 사방을 두리번거리며 한참 찾았다. 그런데 도로 반대쪽에서 넷째가 걸어오고 있는 게 아닌가. 나는 반가움에 놀랐던 긴장감마저 풀려 그 자리에 털썩 주저앉았다. 넷째는 나를 일으키며

"식당 앞 전화가 고장 나서 건너편 전화 부스에 있었어요."

하고 말했다. 잠시 넷째를 믿지 못하고 의심했던 것이 내내 미안했다.

지난해 어버이날, 넷째는 전화를 걸어와

"어머니 아버지, 오늘 어버이날인데 감사드립니다."

하지 않는가. 그의 말에 콧등이 시큰해진 나는

"내가 더 고맙구나."

하고 친엄마처럼 이야기를 했다.

드디어 제대하는 날이 왔다. 우리 부부는 제대한 넷째와 맛난

식사도 하고 본인이 좋아하는 스타일로 옷 한 벌 선물했다. 넷째에게 홀어머니를 잘 모시고 효도하길 당부하며 두 손을 꼭 잡고 작별을 나누었다.

언젠가 우리 넷째 아들이 자기를 빼어 닮은 아이를 안고, 우리 집 문을 노크하는 날을 기다리고 있단다. 이 엄마는….

(2005.)

이유식

육십 평생 처음 이유식을 만들었다. 곱게 다진 소고기에 얇게 썬 감자를 섞었다. 물에 푹 불린 찹쌀도 이유식 끓이는 데 넣었다. 처음엔 냄비에 반도 안 되더니 쌀이 점점 퍼져 제법 많아졌다. 식혀서 한 끼 먹을 양만큼씩 작은 통 여러 개에 나눠 담았다. 냉동실에 꽁꽁 얼려 놓고 손녀에게 끼니때마다 먹일 생각이다.

담고 남은 이유식을 호호 불어 손녀에게 먹여 보았다. 손녀는 심하게 도리질을 한 후 뱉었다. 난생처음 끓인 이유식을 거부하는 손녀가 내심 서운했다.

'왜 그럴까?' 내 혀끝을 대보았다. 아무 맛도 없으면서 감자의 아린 향이 입 안을 톡 쏘았다. '이런 맛이니 우리 아기가 싫어했구나….'

손녀 입맛에 맞추려고 갓 짜온 참기름을 한 방울 넣었다. 집에서 손수 볶은 고소한 깨소금도 살살 뿌렸다. 호호 불어가며 앙증맞은 입속으로 쏘옥 밀어 넣었다. 아기는 한 입 물고 오물거리다 우유 먹은 것까지 다 토해 놓았다. 온갖 정성을 다했어도 이유식 먹이는 것에 실패했다. 그래도 미련이 있어 식사 때마다 밥 알갱이를 조금씩 떼어 입에 넣어 주니 아기는 잘 받아먹었다.

TV에서는 아기가 커 갈수록 우유만으로는 성장발육에 영양이 떨어진다고 했다. 아기가 육 개월정도 되면 이유식을 서서히 시작해야 된다는 이야기에 마음이 바빠졌다. 내 아들 같으면 먹을 때까지 기다릴 텐데, 손녀에게는 신경이 더 많이 마음이 쓰였다. 그래서 우유에다 베지밀을 반반 섞어 먹여 보았다. 내심 걱정을 했는데 거부감 없이 잘 먹었다. 분유만 먹을 때보다 변도 잘 보고 색깔도 황금색이었다.

며칠 후 이유식에 다시 도전을 했다. 아는 사람이 마트 가면 병에 든 이유식을 구할 수 있다고 했다. 여기는 찾는 엄마들이 없는지 마트를 이 잡듯 뒤지고 다녀도 없었다. 하는 수 없이 고구마를 노릇노릇하게 구워 작은 스푼으로 떠먹여 보았다. 부드럽고 달콤한 맛을 아는지 아기는 코끝을 찡긋찡긋하며 넙죽 받아먹었다. 우리 아기는 밋밋한 것보다 약간 달고 간이 조금 있어야 잘 먹는다는 것을 알았다. 내 핏줄 아니랄까 봐 단것을 좋아하는 나와 입맛이 닮아 있었다.

냉동실에 보관한 이유식과 고구마를 섞어 살짝 간을 했다. 이유식 맛이 확 달라져 아기는 혀끝을 날름대며 잘 받아먹었다. 기분이 날아갈 듯 신이 나 통통히 살이 오른 아기 엉덩이를 '톡톡' 쳐주었다. 아기도 기분 좋은지 코끝을 씰룩대며 뾰쪽 솟은 대문앞니를 내 앞에 쑥 내밀었다.

아기에게 하루에 두 번씩 이유식을 먹였다. 어른 수저로 한 스푼이면 아기 배는 빵빵해진다. '마른 논에 물이 들어가는 것하고 자식 입에 음식 들어가는 모습이 세상에서 제일보기 좋은 모습'이라는 옛말처럼 아기가 이유식을 잘 먹으니 내 마음은 풍선처럼 부풀었다.

그 뒤로 마트에 가면 아기 이유식 감으로 영양이 풍부한 것만 눈에 띄었다. 달덩이만 한 호박보다 부담스럽지 않고 쪄서도 먹일 수 있는 단호박을 사 왔다. 호박에 쌀을 넣고 연한 죽을 쑤었다. 버섯과 야채를 다져 이유식을 다양하게 만들어서 손녀에게 뷔페 음식처럼 골고루 이유식을 먹였다.

손녀는 이유식 때문인지 몰라도 다른 아기에 비해 튼실하고 잔병치레도 없이 무럭무럭 자라준다. 그리고 치아도 개월 수에 비해 여러 개가 나왔다. 치아가 솟을 때마다 근질근질한지 가까이 있는 사람을 사정없이 깨물었다. 그럴 때마다 나도 덩달아 손녀 볼을 잘근잘근 깨물어 주었더니 아기는 할미 행동을 장난으로 알고 '씨~익' 웃었다.

이제 아기는 엄마 품으로 돌아갔다. 손녀의 놀이터였던 소파에서 콧잔등을 찡긋대며 이유식 받아먹던 우리 아기, 꽃봉오리 같은 입술이 오늘따라 눈에 자꾸만 밟힌다.

(2015.)

태풍보다 무서운 애물단지

　그해 여름 끝자락, 두 형제는 매미보다 더 무서운 태풍으로 집 안을 송두리째 흔들었다.

　어스름한 저녁, 막내의 여자 친구가 전화를 했다.

　"어머니, 찾아뵙고 말씀 드릴게요!"

　전화 속에서 들리는 그의 말이 긴박하게 들렸다. 무슨 연유인지 물어봐도 시원찮은 대답만 할 뿐 집으로 온단다. 얼마 후 그애는 누구에게 쫓기는 듯 다급하게 신발을 내던지고 현관으로 들어섰다. 그의 얼굴은 뭔가에 질린 듯 일그러져 있었고 방에 들어서자마자 무릎을 꿇고 떨리는 음성으로 내뱉는 말에 뒤통수를 맞은 듯 멍하니 바라만 봤다.

　참! 기가 찰 노릇이었다. 내 자식 착하다고 남들한테 자랑했던 내 자신이 부끄러웠다. 넉넉지 못한 형편에 어려서부터 지금까지 둘째는 부모 속 한 번 안 썩었다. 고등학교 졸업 때까지 장학금을 받아 집에 보태 주고 대학을 마친 후 좋은 직장에 취직도 했다.

두둑이 받는 월급으로 저축도 하며 알뜰히 생활을 꾸리는 자식이 대견하기만 해서 아무리 힘들어도 시간 내어 밑반찬 거리와 말끔하게 손질한 이불을 가지고 아들에게 가는 일로 낙을 삼았다. 어려서부터 형제간에 우애가 돈독한지라 지방대에 다니는 동생을 가까이 편입시켜 함께 살고 싶다고도 말했다. 믿음이 갔던 자식이기에 흔쾌히 승낙했다.

막내의 여자 친구가 그동안 믿었던 자식 이야기를 서슴없이 말하는데 마치 꿈속에서 들리는 환청 같아 묻고 또 물었다. 남의 일로만 생각했던 다단계 판매에 빠졌단다. 그것도 직장 다니는 형과 학생인 동생까지. 청천벽력 같은 말에 눈앞이 깜깜해지며 깊은 수렁 속으로 빠져드는 것 같았다.

부모에게 고자질하러 온 여자 친구 뒤를 따라 막내아들이 초췌한 몰골로 현관문으로 들어섰다. 죽으라고 퍼부어 대며 악 쓰는 나를 보며 멍하니 서 있었다. 남편은 차분한 말투로 막내에게 사실여부를 물었다. 순박하고 철부지인 줄만 알았던 막내는 마치 사이비 종교에 빠진 사람처럼 노트를 꺼내더니 피라미드 그림을 그려 가며 설명을 했다. 그리고 어처구니없이 하는 말이

"단시간 내에 돈을 많이 벌 수 있는 사업입니다. 돈 많이 벌어서 부모님 호강 시켜 드릴 테니 저를 믿고 조금만 기다려 주세요."
였다.

여름 방학 동안 아르바이트로 용돈을 벌어 내 짐을 덜어 주겠다고 하더니, 겨우 한다는 짓이 피라미드 그림을 그려 놓고 아버지

와 옥신각신하는 일이란 말인가.

"그래! 네가 아무리 돈을 벌어 우리를 호강시켜 준들 부모가 속 끓이다 쓰러지면 가족들은 너를 용서 안 할 거다."

막내를 설득하다 마지막 말까지 내뱉었다. 항상 웃음으로 가득했던 자식의 얼굴이 타인처럼 느껴질 만큼 야멸치게 보였다. 막내는 친구들이 모여 있는 숙소로 간다고 문을 박차고 나갔다. 자식을 잡지 못하는 서러움과 잘못 키운 죄로 가슴을 치며 통곡했다.

세상 물정을 모르는 대학생들에게 빠른 시간 내에 돈벌이를 시켜 주겠다고 현혹시켜 산더미 같은 카드 값에 은행 대출, 급기야는 신용 불량자로 만드는 다단계 업자들이 야속했다.

한 자식도 아닌 두 놈들이 저질러 놓은 일, 앞으로 닥칠 카드 값에 대출금 생각만 해도 막막했다. 이웃집 자녀들이 다단계에 빠졌다는 소문을 듣고 맞장구치며 수다 떨었던 일이 엊그제였다. 내 자식도 같은 처지였다는 사실에 고개를 들고 밖으로 나갈 수 없었다.

뒤도 안 돌아보고 문을 박차고 나갔던 막내가 자정이 가까울 무렵 전화를 했다.

"아무리 제가 돈을 많이 번다 한들 부모님이 안 계시면 무슨 소용이 있겠어요!"

울먹이며 집으로 오겠단다. 돌아온 탕자처럼 막내는 다단계에 중독된 마음을 잡으려고 안간힘을 썼다.

우리 부부는 두 녀석이 저질러 놓은 빚독촉 영수증이 우편함에 쌓일 때마다 분통이 터졌다. 자식들 결혼시킬 때 보금자리를 구입해 주려고 매달 저축하던 통장이 있었다. 어려운 형편에 꼬박꼬박 들어 놓은 적금을 모두 해약했다. 두 녀석이 저질러 놓은 빚이 적금 해약한 돈으로 모자라 사채 빚까지 내야 했다. 앞날이 구만 리 같은 자식들이 신용 불량자로 낙인 찍혀 떠돌아다니는 꼴을 바라보는 건 부모로서 더 가슴 무너지는 일이었기 때문이다.

며칠 전부터 방송에서는 태풍이 온다고 농작물과 시설관리에 만전을 기하라고 예보방송을 한다. 매미 태풍보다 더 무서운 건 하루가 멀다고 늘어나는 자식들 카드 빚이었다.

시골에 사는지라 카드 회사들이 있는 곳을 전화로 수소문했다. 기천만 원을 현금으로 마련해 의정부행 버스에 올랐다. 차창 밖에는 비바람이 먹먹해진 가슴을 내리치듯 쏟아졌다.

삼 형제를 낳고 뿌듯했던 일들이 주마등처럼 스쳐 갔다. 남들은 유난을 떨며 보내는 사춘기도 겪지 않았고, 항상 친구처럼 마음 터놓고 자식들을 키웠다. 어려운 형편에 고기 반찬은 자주 못 먹었어도 꼬부라진 신 김치만 좋아한다고 어미를 위로하는 자식들의 속내가 눈물겹게 고마운 적도 많았다. 그러던 자식이 한탕주의로 큰돈을 벌고 싶다고 말하니 기가 찰 노릇이었다.

세찬 비바람이 가슴이 찢어지도록 내리쳐도 두렵지 않았다. 바람에 날아가 버린 우산을 팽개치고 복잡한 시내 길을 물어물어 여러 군데 카드 회사를 찾아다녔다. 부모임을 증명하는 등본을 대조해 가며 두 번 다시 카드 대출을 자식에게 안 해준다는 조건으로 돈을 갚았다. 불룩하던 가방이 해 질 녘이 되니 텅텅 비어졌다. 끼니를 놓친 줄도 모르고 소용돌이치는 태풍 속을 몇 날을 허우적대다 나온 듯 맥도 빠지며 현기증도 났다. 아침에 집을 나설 때 한 입에 삼킬 듯 세차게 몰아치던 비바람이 언제 그랬냐는 듯이 구월의 햇살이 삐쭉 얼굴을 내밀었다.

그해 매미 태풍은 자식과 내 집안을 무섭게 할퀴고 떠났다. 올 태풍에는 방실방실 웃는 선물을 안고 휴가 온 막내가 아기를 맡겨 놓고 친구들과 피서를 떠났다.

참 내! 호강시켜 준다고? 영원한 나의 태풍 같은 애물단지 자식들아….

(2011.)

커피 향 같은 자식

가을을 재촉하는 비가 반갑지 않다.

여러 번 수술한 탓인지 날만 흐려도 전신 통증으로 시달린다. 통증을 잠시라도 잊으려 갈잎 타는 냄새가 나는 따끈한 커피 향에 코끝을 대고 있는데 전화벨이 울렸다.

"어머니 추석 때 선물 잔뜩 안고 금의환향할게요."

코맹맹이 소리로 응석 떠는 찬이 목소리에 온몸을 쑤시던 통증이 금새 가라앉는다. 찬이는 내 속으로 난 자식은 아니지만 세상 인연 자락으로 얻게 된 아들과 같은 존재라면 이상할까?

찬이는 아들 친구로 초등학교 때 다른 곳으로 이사 가는 바람에 소식을 잊고 지내던 아이였다. 그러던 어느 날 십수 년 만에 청년이 되어 불쑥 찾아왔다. 평소 효심이 지극한 찬이는 대학에 합격해 홀로 계신 할아버지께 기쁨을 전하러 왔다가 아들과 다시 만나게 되면서 나와도 연락을 하곤 한다.

추억 속에 찬이는 소맷끝이 반질반질하게 가난의 땟국물이 흘렀고, 우리 집에 놀러 오면 간식으로 내놓은 햄버거를 허겁지겁 먹던 꼬질꼬질한 어린애였다. 그 모습이 엊그제 같은데 수염이 듬성듬성한 의젓한 청년으로 변해 있었다. 어린애가 어른이 된다는 것은 왠지 손해 보는 느낌으로 그간의 사정을 물었다.

술꾼 아버지와 어머니 사이에 끊이지 않는 불화, 항상 쫓기는 가난, 대학 입시를 앞두고 부모가 이혼을 했다. 그러나 곁에서 힘이 되어 주는 선생님과 친구들의 도움으로 우수한 성적으로 합격했지만 기쁨도 잠시뿐이었다고 했다. 입학하는 날부터 학비를 마련하기 위해 PC방 아르바이트, 방학 때는 막노동판에서 허리가 휘도록 일을 했다. 부족한 학비 마련을 위해 휴학계까지 내면서 희망을 버리지 않았다는 찬이가 눈물이 날 정도로 대견스러웠다.

마당에 목련이 하얗게 핀 봄날, 평소에 광고지로 가득 차 있던 우체통에 꽃잎 같은 편지 한 통이 있다. 몇 달째 소식 없던 찬이의 편지였다. 휴학을 하고 군대에 입대한 소식과 활짝 웃는 사진과 깨알 같은 글씨에 따뜻하고 섬세한 그의 마음을 동봉한 아름다운 편지였다. 북한 땅이 손에 잡힐 듯 보이는 최전방에서 찬이는 근무를 했다. 따스한 커피 한 잔이 찬이에게 유일한 위안이 된다는 말에 군부대를 돌며 자판기 관리를 하는 내 머릿속에서 떠나지 않았다.

그날부터 나는 고민에 빠졌다. 찬이는 어떤 커피를 좋아할까. 천일야화에 나오는 아라비아 공주가 마시면 어울릴 것 같은 헤즐럿, 비 오는 날 창문을 열어 놓고 낙숫물 소리와 섞어 마시면 가슴이 촉촉하게 젖는 커피, 몸에 좋은 국산차 등을 생각하면서 면회 계획을 세웠다.

드디어 일이 한가해진 날, 제대하고도 여러 날 노는 꼴이 보기 싫어지는 막내아들을 앞세우고 찬이가 있는 화천 부대로 면회를 갔다. 뜻밖의 면회 소식에 허겁지겁 달려오는 찬이, 꼿꼿하게 세운 얼룩무늬 바짓줄에 눈부신 군화가 보였다. 땀 냄새 나는 군인이 된 찬이가 힘차게 달려오는 등 뒤로 가을 햇살이 너무 눈부셔 눈물이 핑 돌았다.

그 후 찬이는 군복무를 무사히 마치고 복학을 했다. 친척 집에 갈 때 거치는 공주에는 찬이가 다니는 대학이 있다. 신발이 닳도록 아르바이트를 한다는 찬이가 생각나면 자꾸만 아려오는 가슴은 결국 친척 집 결혼식에 가면서 김치와 밑반찬을 마련해 축제가 열리는 학교로 찾아가게 했다.

젊음과 낭만이 넘치는 축제장에서 전화를 받자마자 땀범벅인 채로 뛰어오는 찬이는 뜻밖에 찾아간 나를 얼싸안았다. 찬이는 나를 친구들에게 엄마로 소개해 민망했지만 가슴이 뿌듯하기도 했다.

찬이를 따라 좁은 계단으로 올라가야 하는 자취방에 갔다. 그곳에서 찬이는 친구와 함께 살고 있었다. 축축한 양발, 제멋대로 널린 속옷, 손자국으로 얼룩진 냉장고, 쉰내 나는 반찬 그릇이 눈에 띄었다. 나는 두 손을 걷어붙이고 얼룩진 냉장고 속에 가지고 간 음식을 넣어 주면서 찬이의 깊은 허기가 채워지기를 바랐다.

세월이 흘러 드디어 칠전팔기의 사나이 찬이는 대학을 졸업했다. 학비를 마련하기 위해 휴학을 밥 먹듯이 해서 다른 사람보다 더 늦게 졸업을 했지만 국내 굴지의 제약회사에 취직까지 했다. 천애고아 같은 그의 재산 보증은 어려서부터 형제처럼 지내던 작은아들 내외가 해 줘서 당당한 직장인이 됐다.

허허벌판 같았던 그의 생에 직장이라는 그늘막이 생기고 움츠렸던 어깨가 세상을 향해 힘찬 날갯짓을 했다. 처음 입사한 회사를 발판 삼아 두 해 만에 외국 제약회사로 옮긴 찬이는 우리 집에 약을 공급하는 약국이었다. 지병처럼 복용하는 빈혈 약, 가정상비약, 손녀들 영양제까지 모두 '메이드 인 찬이' 제품이다.

지난 명절 날 의젓한 사회인으로 찾아온 찬이는 내 손을 꼭 잡고

"철책 근무 마치고 돌아와 어머니가 보내 준 따끈한 커피 향에 졸렸던 마음을 풀고 편안히 잠자리에 들어 남보다 군 생활 두 배로 열심히 했습니다."

하고 나직이 말하며 눈시울이 붉히던 피터 팬 같던 찬이가 지금 사랑에 빠졌다. 은행에서 근무하는 아가씨와 결혼까지 하고 싶다고 한다. 첫눈에 콩깍지가 씌어 오매불망 그 아가씨 생각으로 불면 증세까지 생겼단다. 어른이 되기 위한 마지막 가슴앓이지만 행복함뿐이란다. 그러나 자신의 불우한 환경을 고백하면 떠날 것 같다는 고민을 한다.

나는 당당하게 이야기하라고 충고를 했다. 사랑하는 사람의 불

우한 환경을 이해 못하는 여자라면 미련을 두지 말라고 엄마 마음처럼 전했다.

싱그러운 햇살 속에 토실토실하게 찬이 사랑이 영글어 가기를 바란다. 내 커피 잔 속에 따뜻한 그의 향기가 피어오른다.

(2008.)

자식들의 각서

　매달 자식들이 주는 용돈이 통장에서 보험료로 빠져 나가면 때로는 아까웠다. 그래도 자식들이 힘들게 보내는 돈을 함부로 쓸 수 없었다. 고심 끝에 내가 아플 때 병원비로 써야 제일 값지게 쓸 것 같았다.

　또한 병원비나 장례비로 인해 자식들 걱정을 조금이나마 덜어 주고 싶었다. 특히 오랜 세월 우리 부모님을 지켜보면서 나름대로 내 노후를 준비한 것이다.

　아버지는 젊은 시절 돈을 많이 벌었던 분이었다. 어머니 말로는 훈련병들 사진을 찍고 한번 수금해 오면 자루에 돈이 가득 담겨 왔다고 했다. 많은 돈을 벌었어도 아버지는 제대로 관리를 하지 못했다. 나이가 드신 후 아버지는 두고두고 후회를 했는데 여러 자식들 뒷바라지하느라 당신의 노후를 챙기지 못했던 것도 원인이었다. 자식들 잘 키워 놓으면 노후가 보장된다고 믿었던 아버지였다. 그나마 가지고 있던 재산을 자식들에게 나누어 주고 나니 한편으로 서운하면서도 홀가분하다고 하신 아버지의 말이 공허하게 들렸다.

도회지보다 시골을 좋아했던 아버지와 여러 해 함께 살았다. 부지런한 아버지는 새벽부터 텃밭에 나가 해가 중천에 뜰 때까지 일을 하였다. 아버지의 굵은 땀방울이 움푹 꺼진 볼을 타고 흘러내리면 내 가슴도 녹았다. 본인의 노후에 조금만 신경 썼더라면 하는 생각에 안타깝다가도 때로는 아버지가 원망스러웠다.

아버지는 뇌졸중으로 쓰러져 편마비가 되자 스스로 삶을 마무리했다. 어머니는 급성 녹내장으로 실명을 하여 오랜 세월 고통 속에 살았다. 부모의 준비 없는 노후를 지켜보면서 나는 깨달았다. 누구나 노후의 삶은 자신만이 지킬 수 있다는 걸 뼈저리게 체험한 것이다.

그때부터 어린 삼 형제에게 각서를 쓰게 했다. 큰아들이 중학교 다닐 때 결혼하면 월급의 10프로를 준다고 썼다. 뒤를 이어 동생들도 썼다. 막내는 각서를 쓰면서

"엄마를 많이 주면 나는 뭐 먹고 살아."

했다. 그때 초등학교에 다니던 아들 말이 떠올라 웃음이 났다.

큰아들이 결혼하면서 며느리에게 각서 이야기를 했다. 아들 내외는 신접살림하면서 매달 내 통장에 용돈을 넣었다. 막내까지 결혼해서 주는 용돈을 받아 한 푼도 헛되게 쓰지 않았다. 모두 내 노후를 위한 보험을 들었다. 실비보험에 질병 재해까지, 또 노인요양보험과 치매보험도 들었다. 가끔 증권을 들여다보면 내

울타리처럼 든든하다.

이제는 조금만 아파도 병원에 간다. 병원비 걱정 없이 치료받을 수 있고, 자식들에게 폐를 안 끼쳐도 된다는 생각에 마음이 홀가분하다. 또 내가 세상을 떠나면 자식들에게 마지막 용돈을 남길 것 같아 뿌듯하다.

젊은 시절에는 보험의 필요성을 못 느꼈다. 오랜 기간 붓는 거라 지루하였다. 그리고 내가 필요할 때 과연 도움이 될까 의심도 되었다. 수술하고 치료비보다 많은 보험금이 나오자 믿을 곳은 자식보다 든든한 보험이었다.

매달 용돈 보내 준 자식들이 고맙다. 그 돈을 헛되게 쓰지 않고 노후에 투자한 탁월한 내 선택이 옳았던 것 같다. 또 내 선택을 믿고 꼬박꼬박 각서에 따라 준 며느리들이 고마울 따름이다.

내가 육십 고개를 넘는 날, 자식들에게 또 하나의 각서를 쓰게 할 것이다. 나는 그것을 준비해 놓고 기다리고 있다.

(2012.)

외할머니

　며칠째 앓고 있는 내게 고향 언니가 가져온 갖가지 장아찌, 옛 맛은 사라졌어도 맛깔나게 무쳐 놓았다. 뜨끈뜨끈한 밥에 곁들여 먹는 장아찌에서 외할머니 냄새가 묻어났다.

　우리 외할머니는 밑반찬 만드는 솜씨가 남다르게 뛰어난 분이 셨다. 어린 시절 외갓집에 가면 넓은 뒤뜰 어디에서 가져왔는지 넓적한 돌을 가지런히 놓고 올망졸망한 항아리들을 모아 놓았다. 깔끔하고 손맛 좋은 할머니는 봄부터 가을까지 항아리에 밑반찬 을 해 넣는 재미로 살아가시는 분 같았다.

　된장 속에 박은 콩잎과 깻잎, 고추장에 버무린 더덕과 마늘, 무거운 돌로 눌러 놓은 무와 오이 등 갖가지 찬거리는 사계절 풍 성한 밥상을 만들었다. 외할머니는 철따라 강경 포구에서 황석어, 새우를 머리에 가득 이고 사십 리 길을 걸어오면서 생선이 상할까 마음 졸이셨다. 집에 와서는 그것들을 항아리마다 가득 넣고 소금 을 뿌리셨다. 생선이 곰삭으면 양념을 넣고 가마솥에 쪄서 밥상에 올려주면 외할아버지는 밥 한 그릇을 뚝딱 비우셨다.

　방학 때 외갓집에 가면 밑반찬 항아리를 열고 이것저것 손가락 빨아 가며 맛을 보았다.　외할머니는 빙그레 웃으며

　"우리 손녀가 제일 좋아하는 걸로 골라라."

하셨다. 그리고는 내가 골라 놓은 밑반찬을 집에 갈 때 힘에 부치도록 싸 주셨다.

　나는 가마솥에 쪄낸 황석어 알 씹는 맛에 밥 한 수저를 볼이 터지도록 입 안에 넣었다. 고소하고 짭조름한 그 맛은 아무도 흉내 낼 수 없는 외할머니만의 손맛이다.

　가끔 논산에 가면 헐어 버린 외갓집 집터를 한없이 바라본다. 툇마루에서 손짓하며 걸어 나오는 할머니의 인자한 미소가 가슴을 시리게 한다. 이제 흔적뿐인 장독대의 깨진 항아리를 바라보며 아쉬운 작별을 하고 돌아섰다.

　할머니 생각을 하며 먹는 마늘 장아찌가 오늘은 더 매워서 코끝이 찡해 온다.

(2004.)

만두와 동생

영등포, 동생 집 근처에 볼일이 있었다. 일을 마치고 가려는데 막내아들이 이모가 서운해한다며 휴대폰을 눌렀다.

막내를 보내놓고 근처 카페에서 한참 만에 동생과 마주 앉았다. 무슨 일인지 맑은 눈에 물기가 가득하다. 동생은 고개를 푹 숙인 채 쟁반에 셀프 커피를 가져왔다. 무엇이 그리 서러운지 커피 잔에 눈물을 뚝뚝 떨어트렸다. 보고 있는 내 가슴까지 뜨겁게 적셨다.

동생은 모처럼 오는 내가 친정 엄마인 양 마음이 설렜다고 한다. 그래서 내가 평소 좋아하는 음식을 준비하려고 일부러 마트에 들러 싱싱한 생선도 준비해 놓았단다. 동생은 술이 얼큰해 들어온 남편에게 자랑삼아 이야기했다. 그런데 남편이 무관심한 태도를 보여 다툰 모양이다. 그래서 동생은 나와 마주하자 제부가 서운하게 했던 말이 떠올라 울컥했던 것 같았다.

"언니하고 집에 가자. 오늘은 내가 야단 좀 쳐 주고 갈게…"

팔을 걷어붙이는 시늉을 하면서 일어섰다.

그래도 애들 아빠라고 말리는 동생이 꼭 어린 딸 같아 속으로 웃음까지 나왔다. 마음이 어질고 순박한 동생은 남모르는 고통 속에 살면서 형제들에게 꽁꽁 숨겼다. 뒤늦게 알게 된 우리도 어찌해 볼 도리가 없었다.

동생이 그동안 참고 살아온 길고 긴 넋두리에 화가 치밀어 나는 아들 집으로 가겠다고 벌떡 일어섰다. 동생도 오늘은 언니 믿고 외박하겠단다. '까짓것 오늘 하루쯤 가정을 버려라.' 은근히 마음속으로 동생을 응원하고 있었다.

카페에서 커피 한 잔으로 우리 자매는 몸을 녹이며 마음도 달랬다. 동생은 서러움이 가라앉은 듯 누군가와 통화를 길게 하고 있었다. 그리고 내 소지품을 꼼꼼히 챙긴 후 택시를 세웠다.

번잡한 백화점 안에서 어리바리한 나를 잃어버릴까, 동생은 내 손을 꼭 잡고 휴게실 안쪽 의자에 안내한 후 사라졌다.

한참 만에 나타난 동생은 김이 모락모락 나는 만두를 양손 가득 내려놓는다. 여자들 주름치마 모양과 한 개만 먹어도 배가 불룩할 것 같은 보름달 만두도 있었다. 마치 섬세한 조각칼로 예술 작품을 만든 듯한 은행잎과 단풍잎 모양은 먹기조차 아까웠다.

넋 놓고 만두를 요리조리 쳐다보는 나와 달리 동생은 때를 거른 듯 만두를 꾸역꾸역 먹었다. 평소에 동생은 입이 짧아 맛있게 먹는 모습을 거의 본 적이 없었다. 오늘은 나 때문에 괜스레 마음 다친 내 동생이 안쓰럽다. 만두를 맛있게 먹는데 전화가 울렸다.

동생은 급한 듯 먹다만 만두를 주섬주섬 쇼핑백에 넣었다.

휘황찬란한 불빛과 파도 타듯 인파 속을 헤집고 밖으로 나왔다. 딴 세상에 갔다 온 것처럼 몸에서 온기가 빠지면서 매서운 바람이 옷깃을 여미게 한다.

가파른 층층 계단을 동생보다 앞서서 올라갔다. 내 주머니에서 휴대폰이 울렸다. 통화를 마치고 뒤를 돌아보니 계단 입구에 털모자를 푹 눌러 쓰고 행색이 남루한 할아버지 앞에 동생이 서 있었다. 동생은 쇼핑백에 손을 넣더니 뭔가를 꺼내 할아버지에게 건네고 있었다.

"언니! 좀 전에 먹던 만두가 아직 따뜻하네."

내 뒤를 따라 계단을 올라오던 동생은 걸인을 보는 순간 따뜻한 만두가 생각났단다. 만두를 좋아하는 딸내미보다 추위에 떨고 있는 걸인 생각이 앞서는 동생이었다. 오늘같이 추운 날 따뜻한 만두로 허기를 채웠을 걸인 할아버지를 생각하니 내 배까지 불러왔다.

헝겊으로 둘둘 감은 손을 흔들며 걸인 할아버지는 우리들 뒷모습에다 연방 고개를 꾸벅인다. 생각지도 못한 곳에서 가끔 사람냄새를 솔솔 풍겨 언니를 감동케 하는 동생이다.

저녁 내내 우울했던 우리 자매는 마주 보며 잘 익은 보름달 만두처럼 환하게 웃었다.

(2013.)

품안의 자식

하필 시부모님 제삿날 입원을 해야 했다. 그런 어미의 처지를 이해하고 큰아들이 제사를 산소에서 간소하게 지내겠다며 휴가를 냈다.

직장생활을 하는 며느리들이어서 힘든 일이겠으나 그래도 한 사람쯤은 오겠지 은근히 기대를 했었다. 그런데 이튿날 해 질 녘까지 세 며느리 모두 감감무소식이었다. 머리로는 이해가 되는데 가슴으로는 괘씸한 생각이 자꾸만 밀려왔다.

남편의 부모님은 여러 자식을 북에 두고 1·4후퇴 때 월남했다. 남편이 아홉 살 때 눈도 못 감고 돌아가셨다. 한 많은 분들이기에 제사라도 잘 드리려고 무진 애를 써왔는데 며느리들의 무관심에 화가 머리끝까지 치밀었다.

큰며느리부터 차례로 전화를 걸어 호통을 쳤다. 시조부모님이 생사를 무릅쓰고 고향을 등진 사연과 가까이 산소까지 모신 이유를 자세히 설명해 주고 나서 며느리들이 시조부모님의 제사에 무관심했음을 나무랐다.

어려서 아버지를 여읜 큰며느리는 금방이라도 울음이 터질 듯이 울먹이며 용서를 구했다. 둘째며느리도 긴장된 목소리로 안사돈이 다리에 깁스를 해서 친정에서 어머니를 돌보고 있다며 머리를 조아린다.

어찌하랴! 나부터 제사에 참석 못하는 죄인인데. 좀 전까지만 해도 서슬 퍼렇던 화가 두 며느리의 전화에 이내 마음이 누그러진다. 그런데 평소에 제일 싹싹하던 막내며느리의 입장은 달랐다. 우리 집과 막내며느리 친정과는 종교가 달라서 서로 조심해 왔는데 이번에 제대로 갈등이 노출되는 듯 평행선을 달렸다.

화를 못 참은 내가 병실에서 받는 스트레스까지 섞어 막내며느리에게 퍼부어댔으니…, 그애가 받았을 상처쯤은 생각하지 않은 처사였다. 나는 그동안 좋은 시어머니, 이해심 넓은 시어머니가 되고자 했는데 이제껏 마음가짐이 물거품이 되는 순간이었다.

이런저런 생각으로 뜬눈으로 밤을 새웠다. 촉촉이 내리는 봄비마저 야속하게 병실 창가에 눈물처럼 그렁그렁 맺혔다. 침대에 누워 멍하니 천장을 바라보았다. 혈관을 타고 똑똑 떨어지는 링거가 눈에서 주르륵 이슬로 떨어졌다. 평생토록 아낌없이 내 자신을 내어 준 자식이라 생각했는데….

좀처럼 가슴에 응어리가 풀리지 않은 채 며칠이 지났다. 멀리 떨어져 사는 지인이 카톡으로 가슴 찡한 글을 보내왔다.

어느 여대생이 평생 노점상으로 고생만 하다 암에 걸린 어머니를 향해 잘못을 속죄하는 글이었다.

내용을 확인하는 순간 자식들이 떠올라 글을 복사했다. 복사한 글을 세 아들에게 보냈다. 평소에 내 마음을 헤아리는 두 아들은 철없는 엄마의 투정을 웃음으로 답해 왔다. 그런데 또 막내가 보내 온 문자에 심한 충격을 받았다.

'이제 어머니 자식이 아니라 한 가정의 아버지'란다.

이제는 자식이 아닌 한 가정의 부모라고 내 품을 벗어나려 안간힘까지 쓴다. 나만 어리석게 깨닫지 못하고 늘 가슴이 시리도록 담고 살았나 보다.

이제는 홀가분히 다 비우고 싶다.

앞으로 살갗을 콕콕 찌르는 주삿바늘 같은 자식들을 다 떨쳐내고 그 빈자리를 나를 위한 멋진 노후 설계로 꼭꼭 채우고 싶다.

(2014.)

겨울밤

　밤잠을 설치며 뒤척거리다 겨울바람과 함께 아련한 추억 여행을 떠난다.

　희미한 전등불 아래 두 눈 비비며 어설픈 손놀림으로 바느질하는 소녀의 작은 어깨가 문 틈새로 보였다. 문풍지가 파르르 떨려오고 황소바람은 소녀의 작고 여린 어깨를 움츠리게 했다. 밤새워 바느질하는 소녀의 가녀린 손은 찬 공기를 견디지 못하고 푸릇푸릇했다. 소녀는 이불 속으로 손을 자꾸만 밀어 넣었다.

　등굣길에 뾰쪽이 내미는 엄지발가락을 애써 감추려는 동생의 모습이 눈에 띄었다. 마치 틈 벌어진 문풍지처럼 동생들 시린 발가락이 온종일 눈에 밟혔다. 집안 살림을 하면서 학교에 다니지만 동생들의 구멍 난 양말을 밤새 기워 어머니 없는 빈자리를 조금이나마 채워 주고 싶은 게 소녀의 마음이다.

　그리고 소녀는 가사 시간에 배웠던 바느질 솜씨를 아버지 앞에서 뽐내고도 싶었다. 꿰매기 힘든 양말 뒤꿈치에 전구 알을 끼운 후 헝겊 색까지 비슷하게 맞춘 후 실매듭으로 꼭꼭 옭아맸다. 바느질 솜씨가 서툴러도 낼 아침 동생들의 활짝 웃는 얼굴을 생각하며 밤이 깊어 가는 줄도 몰랐다.

오랫동안 웅크렸던 어깨를 펴고 보니 잠자리에 벗어 놓은 동생들의 찌든 속옷이 눈에 띄었다. 땟국을 견디지 못하고 겨드랑이에 바람 구멍이 나 있었다. 해진 부분에 헝겊을 대고 얼기설기 얽어매는 가녀린 손끝, 피멍이 시퍼렇게 들었다.

어느새 자정을 훌쩍 넘긴 시간, 하품을 연신 해대며 골목에서 들려오는 인기척에 귀를 쫑긋 세웠다. 멀리서 메아리치듯 들리는 야식꾼 외치는 소리가 적막을 깨며 점점 가까이 들리자 갑자기 허기가 밀려왔다.

"메밀 묵 사려~ 당구나 모찌~….."

야식꾼 소리에 선잠이 깬 아버지는 부스스 일어나 바지 뒷주머니를 뒤적거려 꼬깃꼬깃한 지전을 말없이 내주었다.

긴 막대지게를 내려놓는 찹쌀떡 장사의 얼어붙은 콧수염이 어둠 속에 반짝거렸다. 네모난 유리관 한쪽에 팥고물을 묻힌 말랑말랑한 찹쌀떡이 보였다. 또 다른 쪽엔 막대를 끼워 동그랗게 만든 당구, 바라만 봐도 입에서 군침이 돌았다.

꼬깃꼬깃한 지전을 내주자 야식꾼은 성냥불을 비춰 가며 옆구리에 매단 누렇게 빛바랜 종이를 꺼냈다. 당구 꼬치를 주섬주섬 종이에 담아주는 남자의 거친 손이 마치 거북 등가죽을 닮은 것 같았다.

당구를 입에 넣으니 달콤한 맛과 팥 향기가 어우러져 입 안 가득 사르르 녹아내린다. 깊은 밤 나 혼자만의 짧은 행복감에 허기진 배를 채우다 울컥 밀려오는 것이 있다. 그것은 깊이를 알 수 없는 서러움이었다. 그때 서러움은 지금까지 가슴속에 고향의 전부를 차지하고 있다.

곤히 잠든 동생들 몰래 먹던 야식과 밤늦도록 바느질하는 딸을 지켜보다 잠이 든 아버지의 끙끙 앓는 신음 소리가 깊어 가는 겨울밤을 더욱 시리게 하였다.

퍼뜩 정신을 차리고 명절 때 먹다 남긴 찹쌀떡을 냉장고에서 찾았다. 프라이팬에 노릇노릇 구워진 찹쌀떡을 입 안 가득 베어물어도 옛날 맛이 나지 않는다. 꼬깃꼬깃한 지전 냄새와 바꾸었던 찹쌀떡 맛, 아니 아버지의 냄새가 그리워지는 겨울밤이다.

(2010.)

세상에서 가장 귀한 밥상

야심한 밤에 낯선 사람을 앞세우고 나타난 남편을 의아하게 바라보는 아내, (중략) 방에 앉자마자 그는 손짓을 하고 방문 밖으로 뒤뚱대며 나간 아내는 무거운 몸으로 김이 모락모락 피어오르는 소반을 들고 힘겹게 문지방을 넘어오는 발길이 보였다.

희끗하게 벗겨진 소반 위에 가지런한 밥그릇. 누런 뚝배기에서 풍기는 콤콤한 냄새와 시퍼런 열무김치는 만삭 아내가 차려 온 세상에서 가장 소박한 밥상이었다.
　　　　　　　　　　　　　　　　　　　　　　　　　　　　　　　－ 본문 중에서

세상에서 가장 귀한 밥상

입맛이 없어 보리를 드문드문 섞어 조반상을 마련했다. 밥솥에서 김빠지며 나는 구수한 보리 향에 잊고 지냈던 한 촌부가 떠올랐다.

까마득한 사춘기 시절, 터덜대는 합승버스에 친구와 몸을 싣고 부모님의 급한 심부름으로 친척 집을 향해 시골길을 한 시간 남짓 달렸다. 어스름한 저녁나절 출발해 버스에서 내릴 때는 달빛만 가득히 세 사람의 그림자를 따라오고 있었다. 차에서 함께 내린 중년남자는 성큼성큼 발길을 옮기고 우리는 앞서 가는 그림자를 밟고 있었다. 한참을 쫓아가는 발자국 소리에 힐끗 돌아보던 남자가 우리들의 목적지를 묻더니 혀끝 차는 소리가 들렸다.

"아가씨들, 야심한 밤에 먼 곳까지 가려면 위험하니 불편하지 않다면 우리 집에서 하룻밤 묵고 아침에 일찍 떠나도록 해요."

초면인 우리를 걱정하는 중년남자의 진심 어린 말에 의심할 여지없이 인가가 보이는 희미한 불빛을 따라 마을 어귀에 들어섰다.

후미진 골목길을 걷다 쓰러져 가는 싸리문 앞에서 중년남자는 잔기침을 하며 들어갔다. 잔기침 소리에 방문이 벌컥 열리며 만삭인 여자와 조롱조롱한 아이들이 그를 반기고, 열린 방 틈 사이로 흘러나오는 매캐한 등잔불 냄새는 내 코끝을 흔들었다.

외출에서 갓 돌아온 그의 두 어깨에 올망졸망 매달린 아이들은 아비의 귀에 대고 소곤거리다 우리를 번갈아 보고는 축 처진 어깨로 방으로 들어갔다. 야심한 밤에 낯선 사람을 앞세우고 나타난 남편을 의아하게 바라보는 아내에게 자초지종을 설명했다.

그는 댓돌을 짚고 반질반질한 문지방 넘어 움푹 들어간 침침한 방 안으로 고개를 숙이고 들어가며 안내를 했다. 방에 앉자마자 그는 손짓을 하고 방문 밖으로 뒤뚱대며 나간 아내는 무거운 몸으로 김이 모락모락 피어오르는 소반을 들고 힘겹게 문지방을 넘어오는 발길이 보였다.

희끗하게 벗겨진 소반 위에 가지런한 밥그릇, 누런 뚝배기에서 풍기는 콤콤한 냄새와 시퍼런 열무김치는 만삭 아내가 차려 온 세상에서 가장 소박한 밥상이었다.

식사를 사양하는 우리에게 억지로 수저를 쥐어 주는 부부의 인정에 첫 숟갈로 뜬 밥알이 혀끝에서 맴돌았다. 난생처음 먹는 보리밥은 쌀 한 톨 섞이지 않아 미끈거려 씹을 수 없었다. 보리쌀은 삶은 지 오래된 듯 특유한 냄새까지 겹쳐 도저히 역겨워 넘어가지 않았다. 입 안에서 맴도는 낱알을 삼키지 못하고 부부의 눈치만 살피다 슬그머니 나는 냉수만 찾았다.

남자는 우리와 달리 열무김치에 된장을 섞어 허겁지겁 허기를 채웠다. 곁에서 내 밥그릇 속을 넘겨다 보는 말똥말똥한 아이들 눈초리를 핑계 삼아 수저를 놓았다. 아이들은 내가 수저 놓기가 무섭게 기다렸다는 듯이 벌떼처럼 달려들었다. 곁에서 지켜보던 아내는 허기도 잊은 채 빙그레 미소 지었다.

만삭의 몸으로 우리에게 밥그릇을 내주고 하룻밤을 도랑물 흐르는 소리로 뒤척였을 아내를 생각하니 밤새 가슴이 시렸다. 따뜻한 부부의 보금자리는 우리 차지가 되고 좁은 건넌방에서 온 가족이 불편한 하룻밤을 보냈다.

낯선 곳에서 하룻밤을 묵으며 가난한 부부의 한 끼 식사까지 나누어 먹고 감사하다는 인사도 제대로 못하고 떠나온 철부지 시절이 가끔 떠오른다.

그때 촌부의 아내가 만삭의 몸으로 내온 밥상은 평생 받지 못할 진수성찬이었다. 비록 쌀 한 톨 섞이지 않은 깡보리밥이었지만 남을 배려하는 마음이 쌀밥보다 소중하다는 것을, 강산이 여러 번 바뀐 후에야 깨달을 수 있었다.

지금쯤 촌부는 반백 나이에 아내의 손을 잡고 가난에 찌들었던 보릿고개 이야기로 정담을 나누며 황금 들녘을 걷고 있지 않을까.

(2008.)

라면 요리사

'왜 이리 맛이 없을까!'

허기진 배를 채우기 위해 라면을 먹는다. 라면 그릇 속으로 주르륵 면발이 미끄러진다. '라면' 하면 생각나는 사람이 있다.

몇 해 전 그녀의 집에 놀러 간 적이 있었다.

밥보다 라면을 더 좋아하는 그녀는 하루도 빠짐없이 먹는단다. 그것도 주로 살찐다는 밤에만 먹어도 그녀는 날씬했다. 가끔 밥맛 없을 때 라면 한 개를 못 먹는 나로서는 이해하기 힘들었다. 그녀는 외국에 살면서 입이 깔깔할 때 얼큰한 라면을 즐겨 먹었단다. 활동하는 낮 시간보다 야밤에 라면을 맘껏 먹어도 날씬한 그녀가 부러웠다. 또 라면 끓이는 방법도 독특했다. 냄비에 적당량의 물이 보글보글 끓어야 라면을 넣는 게 일반인들 상식인데, 그녀는 물과 함께 라면을 넣었다. 그리고 끓기도 전에 스프까지 털어 넣었다.

쫄깃쫄깃한 면발에 익숙한 내게는 팅팅 불은 라면이 보기만 해도 질렸다. 불은 라면이 꼬불꼬불 엉킨 것이 누가 먹다 남긴 것 같았다. 같이 먹자고 나무젓가락까지 쥐어 주는 그녀의 손이 무안

할까 봐 먹는 모습만 바라봤다. '후르룩, 후르룩' 잘도 넘어간다. 시큼한 김치까지 쩝쩝대면서 어찌나 맛있게 먹는지 내 입 안에 군침이 돌았다.

어디 그뿐이랴. 뜨거운 국물까지 '후~후~' 불며 다 먹어 치웠다. 라면 찌꺼기가 보이는 노란 냄비 속으로 빠질 것 같아 웃음보가 터졌다. 다 먹고 트림하는 그녀를 보면서 '한 젓가락이라도 맛이나 볼 걸.' 하고 후회가 되었다.

그 후 그녀를 다시 만났을 때 그녀는 여전히 라면을 끓이고 있었다. 라면 끓이는 그녀에게 나도 먹고 싶다고 했다. 푹 퍼진 라면이 냄비에 가득해 국물도 보이지 않았다. 함께 먹는다는 즐거움에 내 그릇부터 챙기는 그녀는 들떠 있었다. 듬뿍 담는 그녀의 손길을 사양하고 조금만 덜었다.

'아! 생각한 것보다 부드럽고 쫄깃한 면발.'

입 안에 착착 감기며 내가 끓일 때보다 색다른 맛이었다.

자칭 '라면 요리사'라고 자랑할 만했다. 금방 다 먹고 또 덜어 먹었다. 그리고 그녀가 바닥까지 보였던 라면 국물까지, 말 그대로 해장국 먹고 속풀이하듯 내장까지 시원했다. 그리고 젓가락을 놓기 싫을 정도로 묘한 맛이 있었다. 난생처음 배부르도록 라면을 먹었다. 그 뒤로 집에서 가끔 라면을 먹을 때 그녀가 끓여 주던 방식대로 한다. 그녀와 함께 먹던 그 맛이 아니다.

내가 라면 요리사라고 하는 그녀는 먼 곳으로 떠났다. 내 마음속에 얼큰한 국물보다 매운 정을 남긴 채…. (2012.)

할머니의 비밀

오래 전 병원에 입원한 적이 있었다. 오후 시간 살포시 잠이 들었는데 옆 침대에서 우는 소리가 들려 깜짝 놀라 깨어났다. 입원한 할머니가 손수건으로 입을 틀어막고 울고 있었다.

"할머니, 그만 우세요. 그래야 하루 빨리 병이 완쾌돼요."

한참을 그치길 기다리다가 무겁게 입을 열었다. 수건으로 눈물을 찍어 내는 할머니의 두툼한 손바닥이 거북 등처럼 딱딱해 보였다. 그해 칠순이 되신 할머니는 할아버지와 슬하에 삼 남매를 두었다. 모두 출가시키고 손자 손녀들까지 두고 다복하게 보였다. 겉과는 달리 할머니에게는 남모르는 한이 있었다.

할머니는 유복한 가정의 막내딸로 일제 강점기 때 보통학교까지 졸업한 신식 여성으로 그분의 부모님은 포천 갑부인 정미소 집 아들과 혼인을 시켰다. 그런데 할머니의 달콤한 신혼생활은 남편의 잦은 외박과 시어머니의 호된 시집살이로 편할 날이 없었다. 설상가상으로 나이 어린 시누이들과 겪는 갈등은 지친 삶을 더욱 힘들게 했다. 지칠 줄 모르는 남편의 방황과 정미소의 잇따른 사고로 집안은 풍비박산이 되고 말았다.

할머니는 점점 기울어 가는 살림의 가장 역할을 해내야만 했다. 친정어머니의 바느질 솜씨를 닮아 여기저기서 일감이 밀려들어왔다. 밤새워 삯바느질하다가 졸음에 못 이겨 재봉틀에 손이 찢기는 아픔을 수없이 겪었다. 또 행사를 앞두고 급한 바느질감을 하기 위해 허벅지를 바늘로 찔러 가며 졸음을 참아 내기도 했다. 바느질하다가 문득 곁을 보면 남편 없는 밤이 길기만 했다. 긴 한숨을 내뿜다 곤히 잠든 삼 남매의 천사 같은 모습에 시름을 잊었다.

할머니의 달덩어리 같이 훤한 모습은 긴 세월에 온데간데없고 주름만 가득한 얼굴에 수심이 가득했다. 삼 남매 모두 출가시키면 훨훨 털 것 같았던 할머니의 고단한 삶은 질긴 인연으로 다시 이어지고 있었다. 새 식구가 들어오면서 고부간의 갈등으로 기대했던 생활이 한꺼번에 와르르 무너지고 말았다.

할머니는 한평생 힘들게 했던 남편에 대한 미움과 분노가 뒤엉켜 '뇌종양'이라는 무서운 병이 되었다고 말하고는 또 한 번 흐느꼈다. 할머니는 처음 본 나에게 연속극보다 더 기막힌 삶을 다 토해 놓고 시원했던지 자식에게조차 꽁꽁 숨겨온 비밀까지 털어놨다.

"애기 엄마, 내가 병원 오기 전 아무도 몰래 화단 한쪽에 돈을 묻었어, 내가 만일 퇴원하면 산 좋고 물 맑은 곳으로 여행 가려고 해….”

할머니는 쓸쓸히 미소 짓고 있었다. 수술 날짜를 기다리는 동안 나는 경치 좋은 곳이나 여행 갈 만한 장소를 할머니에게 추천해 주었다. 할머니는 내가 추천한 여행지에 다녀 온 사람처럼 마음은 벌써 그곳을 향하고 있었다. 그리고 할머니에게 퇴원하면 꼭 숨겼던 돈으로 소원 이루시라고 신신 당부를 했다. 할머니가 수술하기 전에 나는 퇴원을 하게 되었다.

할머니에 대한 기억이 희미해질 무렵 병원을 찾게 되었다. 접수실에 앉은 여자가 유심히 나를 쳐다봤다. 서로 눈이 마주치고 보니 병실에 자주 들락거렸던 할머니 딸이었다. 나는 반가워 할머니 안부를 물었다.

할머니는 수술 후 몇 개월째 혼수상태로 중환자실에 있다고 했다. 위독하다는 소식을 받고 가족들이 모이기 때문에 기다리는 중이란다. 문득 할머니가 했던 말이 떠올랐다. 딸이 나를 만나게 된 것은 할머니의 어떤 계시가 있기 때문인 듯했다.

자식이 그동안 몰랐던 할머니의 한 맺힌 삶을 들었던 대로 딸에게 들려주었다. 내 말을 듣고 있던 딸의 눈에서 하염없이 뜨거운 이슬이 흐르고 있었다. 마지막으로 할머니가 여행비로 화단에 숨겨 놓았다는 돈에 대한 사연도 들려주었다.

“우리 엄마가 임종 앞두고 아줌마를 만나게 해 주었나 봐요. 지금 병원비를 감당할 수 없어요.”

그 딸은 구세주를 만난 듯 내 손을 꼭 잡고 통곡했다. 할머니는 떠나는 순간까지 본인의 가슴속에 쌓인 한을 나를 통해 자식에게 전달하게 만들었다. 또 숨겨 둔 돈을 가지고 자신의 뒷정리까지 깔끔히 하고 가셨다.

짧은 만남이었지만 할머니로부터 삶의 끝자락을 아름답게 꾸며야 하는 교훈을 얻었다.

중환자실 문 밖에서 고개를 숙인 채 나는 할머니께 마지막 인사를 올렸다.

(2004.)

지울 수 없는 핸드폰번호

휴대폰 번호를 찾다가 낯익은 숫자에 가슴이 뭉클 내려앉는다.
마음속에서 지워 버릴 수 없을 것 같은 스승님 전화번호이다.
나직이 부르면 금방이라도 벨이 울릴 것 같아 귀를 기울여 본다.

햇살 아래 사과가 빨갛게 익던 지난 가을, 스승님을 뵈러 충주
에 갔을 때 스승님은 불편한 몸을 지팡이에 의지하고 나를 맞이했
다. 점심도 드시지 않은 채 늦게 도착한 내게

"오늘 우리 애인 맛난 것 사줘야지."

하며 애칭을 쓰셨다.

스승님은 당뇨로 발목을 절단하게 되었다. 고통이 채 가시기도
전에 잉꼬 부부였던 사모님의 갑작스런 죽음을 맞는 아픔까지 겪
었다. 젊은 시절 멋지고 인자했던 모습은 무심한 세월 앞에 간
곳없고 초라한 노인으로 변해 있었다. 반갑다고 내민 차디찬 손을
꼭 잡은 내 손이 파르르 떨리고 있었다.

스승님이 손수 끓여 주는 은은한 차 향에 빠진 나는, 꿈 많던

단발머리 소녀로 돌아갈 수 있었다. 우리가 풀어 놓은 추억 보따리 앞에서 스승님은 삼십 대 모습으로 돌아가고 오십 대 제자는 재잘대는 사춘기 소녀가 되었다.

국어를 가르치신 스승님은 내 담임이었다. 어려운 환경으로 자주 결석하는 제자를 위해 방과 후 찾아와 축 처진 어깨를 토닥이며 용기를 북돋아 주는 분이셨다. 특별활동 시간에는 문예반에 참석시켜 글로써 힘든 마음을 털어놓게 하셨다. 스승님의 각별한 관심으로 교내백일장에서 장원한 기쁨으로 자신감을 심어 주셨고 또 졸업식 때마다 송사와 답사를 낭독하게 하였다.

스승님의 남다른 애정 덕분에 삼 년 동안 무사히 학교생활을 마쳤다. 졸업식장에서 답사를 낭송하며 눈물바다로 만들었던 기억이 엊그제처럼 생생하기만 하다.

해 질 녘에서야 아쉬운 발걸음을 돌리려는데 스승님은 화단에서 발걸음을 멈추었다. 스승님이 화단에서 따준 결명자 한 움큼을 선물로 받았다.

"차로 끓여 먹으면 글을 쓸 때 피로한 눈이 맑아질 거다." 하신 말씀이 유언이 되었다. 찻길까지 배웅 나와 손을 흔들던 스승님 눈가에 반짝이던 이슬이 마지막 정표가 되고 말았다.

그 후 스승님은 당뇨합병증으로 투석을 받다가 심장마비로 갑자기 돌아가셨다. 일이 바빠 청주에 사는 아들 내외에게 대신 조문을 보낸 것이 마음의 빚으로 남아 있다.

사춘기 시절 스승님께서 베풀어 주신 사랑을 떠올리고 있다.

스승님이 전화로 '우리 사랑하는 보배'라고 해 주셨던 다정한 목소리는 내 가슴에 따뜻한 노래로 남아 있다. 새 핸드폰으로 바꾸게 되더라도 스승님의 전화번호는 0순위로 입력할 것이다.

(2006.)

철원의 지뢰꽃 시인

철 지난 난로를 손질하는 반바지 차림의 남자가 열린 문 틈 사이로 보였다. 뿔테안경을 코허리에 걸치고 있는 그는 문을 열고 들어서는 중년 여자들을 의아한 시선으로 바라봤다.

"뭐 좀 물어보러 왔는데요?"

"몇 학년인데요?"

"우리가 배우려고 하는데 학원비가 얼마인가요?"

"무료로 가르쳐 드릴게요!"

거침없이 내뱉는 그의 말에 '세상에 이런 사람도 있나' 내 귀를 의심했다. 선생님과 인연은 이렇게 시작됐다.

해 질 녘이면 책가방을 메고 등교하는 사춘기 소녀처럼 설레는 마음으로 학원 문을 노크했다. 퀴퀴한 냄새가 코끝을 진동하는 학원 창문을 활짝 열어젖혔다. 늦깎이 학생들은 외출 나간 선생님을 기다리며 청소도 말끔히 해 놓았다. 우리들은 돌아가면서 간식 준비도 하고 희희낙락하며 선생님 나이가 회갑이 가까울 것 같다고 가늠도 해 봤다. 선생님 안 계실 때는 함께 수업 받는 손자 같은 아이들에게 학습지도 재미도 쏠쏠했다.

IMF가 터지면서 갑작스런 사업 실패로 선생님은 생활고에 허덕였다. 그나마 좁고 허름한 건물에 몇 명 안 되는 개구쟁이들과 실랑이를 벌이며 돌파구를 찾는 듯 보였다. 자정이 가까운 시간까지 한 자라도 더 가르쳐 주려는 선생님의 뜨거운 열정은 늦깎이 학생들이 게을리할 수 없도록 만들었다.

늘 얼굴에 수심이 가득한 선생님은 어디다 하소연할 데가 없는지 나이 먹은 제자들에게 가끔 자신이 걸어온 길을 스스럼없이 털어 놓았다. 인생의 선배로 고부 갈등에서부터 살아가는 이야기까지 서로 마음을 풀어놓곤 했다.

선생님은 톡톡 내뱉는 말투와 달리 맑은 심성을 가진 분이다. 자신도 어려운 처지에 힘든 이웃에게 남모르게 힘을 실어 주고 있었다. 그 사무실을 자주 찾는 사람들은 사회 어두운 곳곳에서 정의를 위해 당당히 맞서는 분들이었다. 또 법을 모르고 억울한 일을 당하는 힘없는 서민들 같았다. 찾는 분들과 오랜 시간 상담하는 이야기를 살며시 귀담아 들으며 선생님의 마음까지 속속들이 읽을 수 있었다.

선생님은 자정 넘어서 우리들 수업을 마치고 집에 들어가면 새벽녘까지 하루도 빠짐없이 글을 쓴다고 한다. 글쓰기에 빠지다 보면 허기가 밀려오는데 가족들 눈치가 보여 라면도 끓여 먹을 수 없다는 말이 안타까웠다. 허기진 배로 밤을 밝히는 선생님이 눈에 밝혀 간단히 먹을 수 있는 요깃거리를 마련해 주고 싶었다. 그래서 학원 갈 때마다 마트에서 요것조것 간식 고르는 재미로 보낸 적도 있었다. 그 이듬해 ≪수류탄 물고기≫라는 시집이 나왔을 때 제자들은 내일인 양 정성껏 준비한 음식으로 성대히 손님을 맞이했다.

현실에 쫓기는 긴장감 속에서도 선생님은 어머니에 대한 효심이 지극했다. 어머니는 맛난 음식이 생길 때마다 굽은 허리를 수십 번 펴가며 아들이 있는 사무실을 찾았다. 안고 온 보따리에서 어머니는 무언가를 주섬주섬 꺼내 놓았다. 구수한 옥수수와 먹음직한 떡, 따끈따끈한 고구마까지 헤아릴 수 없을 만큼 자식 사랑이 지극했다. 어찌 그리 아들을 만나면 할 말이 많은지, 이야기가 끊이지 않았다. 또 어머니는 아들이 먹는 것만 바라봐도 입가에 미소가 떠나지 않았다.

모처럼 어머니가 오시면 선생님은 요릿집으로 모시고 간다. 주머니를 털어 음식을 시켜 드리고 자신은 요리조리 핑계 대며 침을 삼켰다. 평소 어머니가 싫어한다던 음식을 맛나게 드시는 걸 보면 가슴이 찢어질 것 같다고 말하는 선생님의 눈시울이 붉어졌다.

콧노래로 자주 부르던 〈존재의 이유〉는 선생님 애창곡이었다. 적막한 여름밤, 하늘에 촘촘히 수놓은 별을 헤아리며 들었던 선생님의 노래가 슬픈 영화의 한 장면처럼 연상이 되곤 했다.

그 뒤로 나도 어려운 김종환의 노래를 배운 후 가사를 음미하면서 가끔 불러보면서 남몰래 가슴앓이하던 선생님의 숨겨진 애틋한 마음이 무엇인지 헤아려도 봤다.

이승의 끈을 놓고 싶을 만큼 힘들어도 홀로 계신 어머니 때문에 견뎌냈던 선생님의 절박한 사연을 듣고 철학관을 찾은 적도 있다. 선생님은 오십 대만 되면 많은 제자들의 꽃향기 속에 삶이 활짝 핀다는 말이 기뻐서 그 말을 전해 주면서 황폐해진 선생님 작은 글밭에 희망의 씨앗을 심어 주려고도 했었다.

십 년을 넘긴 인연으로 스승과 제자로 한 길을 걷고 있다. 처음 학원 문턱에서 보았을 때 회갑을 바라보는 초라한 모습이었는데, 이제는 누가 뭐라 해도 자신을 가꿀 줄 아는 칠면조 모습에 미소를 머금는다. 반항아처럼 톡톡 쏘아대는 말투가 어느새 달콤한 꿀 향기로 사람의 마음을 뒤흔들기도 한다.

고향의 문맹자 퇴치를 위해 몸이 부서지는 날까지 봉사하겠다던 꿈이 현실로 다가왔다. 매서운 겨울바람을 등지고 연세 지극한 분들에게 한 자라도 더 가르치겠다고 '청아리' 다리 오고 가며 마음속으로 다짐했던 선생님의 오랜 숙원이었다. 까막눈이던 할머니들에게 세상을 환하게 밝혀 주고 은행에 맘 놓고 출입할 수 있도록 길잡이가 되어 주신 선생님의 소박한 꿈이 이루어졌다.

작은 일에 늘 감사하고 최선을 다하는 선생님의 헌신적인 노력이 지금 철원의 문학비 주인이 되게 해준 밑거름이다. 신선한 계곡 물이 변함없이 흐르듯 순수함을 잃지 않는 선생님을 오래도록 볼 수 있었으면 하는 바람이다.

철원의 영원한 '지뢰꽃' 시인으로….

(2011.)

동생의 화장대

온 세상을 다 주어도 부족한 듯 더 주고 싶은 사람이 있다. 동생이지만 딸 같은 생각이 들어 더욱 애처롭고 안타까울 때가 많다. 넉넉지 못한 생활을 하면서도 내 마음 아플까 봐 늘 밝은 목소리로 전화하며 못난 언니 건강을 도리어 걱정한다.

동생은 결혼 후 이십 년을 햇볕도 들지 않는 쪽방에서 다섯 식구가 옹기종기 모여 살았다. 동생 가족은 모두 앉을 수 없는 작은 공간에서 바쁜 사람부터 식사를 하였다. 먼저 먹고 간 자리가 비면 다음 사람이 식사를 하는 쪽방이었다. 그래도 아무 불평 없이 깨끗하고 알뜰하게 살림을 꾸려 가는 동생이 늘 대견스러웠다.

모처럼 동생 집에 가면 언니 왔다고 이것저것 맛있는 음식을 좁은 공간에 마련해 놓는다. 동생의 정성에 목 깊숙이 치미는 아픔으로 가슴을 흠뻑 적시고 돌아오기 일쑤였다.

고생을 낙으로 삼던 동생이 드디어 이십 년 만에 방 세 칸 있는 이층으로 간다며 들뜬 목소리로 전화를 했다. 막상 이삿짐을 꾸리다 보니 쓸 만한 살림 도구가 없다며 힘없는 목소리로 동생은 수화기를 놓는다. 또 이모네 이삿짐을 옮겨 준다며 갔던 막내가 이모 몰래 전화한다며

"엄마, 이삿짐이 옮길 만한 게 별로 없어."

했다. 그 말에 또 내 가슴은 칼로 저미는 듯했다.

나는 남동생에게 여동생 시집보낸다 생각하고 안방 가구를 장만해 주자고 말했다. 우리 며느리들에게 조카 방 가구를 아이들이 좋아하는 색상으로 부탁했다. 그리고 평소에 동생이 부러워하던 김치 냉장고와 전자레인지는 내가 마련해 주었다. 또한 친정엄마 같은 막내 이모가 따뜻하게 덮을 이부자리를 여러 채 들여놔 주었는데 동생은 고마워 눈시울까지 훔쳤다.

이층집으로 이사 가던 날 동생은 시집가는 새색시처럼 가구와 전자제품이 도착하자 들뜬 목소리로 전화를 했다.

"언니! 나는 사람 노릇도 못하고 살아왔는데…. 고마워."

말끝을 흐리는 동생에게

"힘들 때 참고 살아 줘서 고맙고, 너의 평생 소원이던 화장대에 앉아 아름다운 모습 예쁘게 꾸며라."

하며 다독거려 주었다.

어느 날 동생이 "언니, 화장대 앉아서 예쁘게 가꾸고 있어. 너무 좋아." 하는 말에 수화기 속에서 우리 자매의 침 넘어 가는 소리가 마치 도랑물처럼 들렸다.

동생은 남매 쌍둥이로 태어나 어머니 건강상 외할머니가 암죽

으로 길렀다. 흔한 분유도 제대로 먹지 못한 동생은 외할머니의 정성으로 초등학교에 들어 갈 무렵 형제들과 함께 살 수 있었다. 외할머니를 엄마로 알고 살았던 탓에 집에 정을 못 붙이고 겉도는 안타까운 유년 시절을 보냈다.

고생만 하던 동생이 만난 제부는 마음은 착하고 건실했지만 친척과 동업을 하다 사업 실패로 파산 지경까지 갔다. 동생은 힘든 생활을 견디지 못하고 이혼하겠다며 나를 찾았다. 힘든 동생에게 위로보다 매몰차게 되돌려 보냈다. 눈물을 훔치며 돌아가는 동생의 뒷모습에 통곡했던 적이 여러 번이다.

올해 대학을 졸업하는 큰딸은 취업하고 작은 아이도 아르바이트로 용돈을 번다고 했다. 뼈아픈 고통을 슬기롭게 극복한 동생, 착하게 자라는 조카들을 지켜보며 내 아팠던 가슴이 뿌듯함으로 채워진다.

우리 형제들이 마련해 준 화장대에 앉아 동생이 힘든 가장 역할과 희생만 하는 아내에서 벗어났으면 한다. 이제부터 동생은 여자로서 아름다운 모습만 가꾸며 살았으면 하는 언니의 간절한 바람이다.

(2008.)

농민의 피와 땀

아기였던 서연이가 어느새 동생들의 든든한 언니 노릇을 잘해 낸다. 엄마 말도 잘 안 듣는 작은 손녀들도 어미닭 따라다니는 병아리처럼 졸졸 서연이 꽁무니만 따라다닌다. 동생들을 보살피는 서연이의 어른스러운 모습에 빙그레 웃음이 난다.

밤새 함박눈이 소복이 쌓인 어느 연말쯤으로 기억된다. 연말에 겹쳐지는 모임 때문에 어린 것을 떼어 놀 만한 곳이 없다며 며느리는 서연이를 잠시 맡기고 갔다.

막 말문이 트이고 한창 재롱부릴 나이였던 서연이는 식사 때가 되면 수저에서 떨어지는 밥알들이 앞자락에 흩어져 온통 난장판이 되었다. 서연이는 번번이 흩어진 밥알을 손으로 문지르며 재미있어 하는 버릇이 있는 것 같았다. 그런 모습을 보니 내 어린 시절이 떠올랐다.

쌀 한 톨도 아끼며 어렵게 지냈던 보릿고개 시절, 부모님은 식사 시간에 밥알을 흘리면 꾸중을 했다. 우리 형제들은 부모님 보는 앞에서 떨어진 밥알을 주워 먹어야 했다. 쌀은 우리의 생명을 지켜주는 귀한 곡식이라고 부모님은 귀에 딱지가 앉도록 말했다. 그렇게 교육받은 나는 쌀을 씻을 때도 단 한 톨이라도 빠져 나가지 않도록 조심을 하는 버릇이 있다.

어느 날, 나는 서연이 버릇을 고쳐 주려고 마음먹었다. 눈에 넣어도 아프지 않은 어린 손녀의 나쁜 습관을 지금 고쳐 주지 않으면 안 될 것 같았다. 밥숟가락이 입으로 오고 갈 때마다 떨어진 밥알이 서연이 앞에 쌓였다. 서연이는 그 밥알들을 아랑곳하지 않고 빈 그릇만 쳐다보며 다 먹었다고 자랑하는지 손까지 번쩍 들었다.

"서연아! 방바닥에 떨어진 것 이게 뭘까?"

서연이는 내 눈만 말똥히 쳐다보고 고개를 설레설레 흔들었다.

고사리 같은 서연이 손을 슬며시 밥알에 갖다 대며

"이것은 농부가 여름내 소중히 가꾼 피와 땀이야! 함부로 버리면 하느님이 맴매 해. 서연이도 말해 봐! 농민의 피와 땀…."

하고 이야기하니, 서연이는 가녀린 손으로 밥알을 주우며

"농민의 피와 땀…."

하고 말을 반복했다. 그러더니 할미 말이 서러운지 닭똥 같은 눈물을 뚝뚝 떨어뜨렸다.

그 이후로 서연이는 밥을 먹다 앞자락에 밥알이 떨어지면 재빨리 내 눈을 한 번 쳐다보고는

"농민의 피와 땀"

하고 한 마디 했다. 그리고 입으로 넣는 모습이 기특했다.

연말이 지나 집에 돌아간 손녀는 아들 부부 앞에서도 우리 집에서 했던 행동을 보여 배꼽을 잡고 웃었단다. 한편 미안한 마음도 들었지만 나쁜 습관을 고쳐 주었다는 생각에 더 뿌듯하다.

나는 우리 서연이가 쌀 한 톨에 농부의 피와 땀이 담겨 있다는 진리를 평생 잊지 않고 살았으면 하는 바람을 가져 본다.

(2009.)

다섯 번째 공주

다섯 번째 공주로 태어난 우리 손녀, 목을 젖히며 악을 쓰고 울어도 예쁘다. 산후조리원에서 처음 왔을 때 부챗살처럼 접혀졌던 살이 이제 제법 통통해졌다. 신생아지만 까만 피부와 동글동글한 볼이 제 아비와 붕어빵이다.

신생아실에서 사돈은 사위 닮았다 하고, 우리는 며느리 닮았다고 하여 서로 의견이 엇갈렸다. 누굴 닮았든 꼼지락거리며 하품하는 작은 요정, 보면 볼수록 신기하다.

사십 대 중반에 첫 손녀를 얻었을 때는 할머니가 된 것이 낯설었다. 아들만 삼 형제 낳고 딸딸…. 소원하던 내게 삼신할미는 밤하늘의 별처럼 초롱초롱한 눈을 가진 다섯 번째 공주까지 안겨주었다.

막내며느리가 임신을 했을 때 은근히 손자를 손꼽아 기다리다 다섯 번째로 얻은 손녀다. 서운하기보다는 큰아이부터 다섯 번째 태어난 아기까지 눈에 넣어도 아프지 않은 내게는 귀한 손녀들이다.

큰며느리와 작은애는 안사돈이 정성껏 해산바라지를 했다. 막내며느리도 안사돈이 해 주려니 했다. 그런데 산달을 앞두고 지병이 있던 안사돈은 건강이 악화되어 막내며느리는 조리원에서 바로 집으로 왔다.

포근한 솜이불에 폭 싸여 내게 안긴 아기는 실눈을 뜨고 할미를 바라봤다. 손가락 발가락 어디 하나 손대면 흠집 날 것만 같아 온 가족이 아기에게 한마디씩 덕담하며 웃음꽃을 피웠다.

다섯 번째 공주의 아비인 우리 막내가 신생아를 갓 지나 방긋방긋 웃을 때였다. 평소 시름시름 앓던 남편이 갑자기 온몸을 움직일 수 없었다. 이십 대 중반에 세 아이 엄마가 된 나는 병든 남편 앞에서 세상이 암담할 뿐 할 수 있는 일은 아무것도 없었다.

병명도 모른 채 인근 의원과 한의사만 쫓아다니다 남편은 급기야 척추가 녹아내려 하반신이 마비되었다. 군 병원에서 대수술을 하고 죽을 고비를 몇 차례 넘긴 남편은 뼈가 움직이지 못하도록 온몸을 석고로 통 기브스를 했다. 누워서 꼼짝 못하는 남편의 대소변을 받아 내기 위해 군 병원 근처 여인숙을 얻어 살면서 병수발을 했다.

밤새 품 안에서 빈 젖을 물고 자던 아기를 아침 준비하기 위해 살며시 떼어 놓으면 아기는 악머구리처럼 울어댔다. 어린 것이 불안했는지 어미등에서 떨어지기 무섭게 시도때도 가리지 않고 울어댔다. 나는 여인숙에서 쫓겨날까 봐 화장실 갈 때도 업고 다녔다.

어느 날, 친정집에 맡겨 놓은 작은 아이가 보고 싶어 어머니를 찾았다. 어머니는 수개월 동안 아기를 매미처럼 등에 매달고 병수발하는 어린 딸이 안타까운지 아기를 외국으로 입양 보내자고 넌지시 권유하셨다. 밤새 품 안을 파고드는 아기와 뜬눈으로 새우고 어머니가 잠든 사이 새벽이슬을 맞으며 친정집을 나섰다. 허리가 휘어지고 등이 짓물러도 아기를 외국으로 입양 보내고는 눈에 밟혀 살아갈 자신이 없었다.

밤에 울면 여인숙에서 쫓겨날까 봐 화장실 갈 때도 업고 다녔던 아기, 병원을 수개월 드나들다 보니 어느새 아기는 돌이 되어 걷고 있었다. 돌 사진도 찍어 줄 마음의 여유도 없이 보냈던 날들이 엊그제 같다.

신생아를 안고 들어선 막내가 대견스러워 한마디 내뱉었다.

"우리 막내 입양 줬더라면 후회할 뻔했네."

막내는 텔레비전에서 입양아가 가족을 찾는 방송 내용을 본 모양이다. 가족 찾는 입양아가 영어로 말하는 것처럼 혀를 굴려 가며 익살을 부려 가족들은 한바탕 웃었다.

해산을 마치고 간 공주가 밤과 낮이 바뀌었단다. 아들 내외는 밤잠을 설쳐 피곤하다며 전화로 투덜댔다.

"이 녀석아! 너도 아기 때 얼마나 힘들게 했는지, 부모가 되니 어미 심정 알겠니?"

아들 내외는 오늘 밤도 초롱초롱한 다섯 번째 공주의 눈을 바라보며 밤하늘의 별을 세고 있겠지….

(2011.)

자연에서 키우고 싶은 아이들

아침 출근길에 만나는 아이들은 노랑 병아리 차를 기다린다. 출입문이 열리고 인솔자인 듯한 여자가 아이들을 반갑게 맞이한다.

스르륵~ 문이 닫히는 버스를 바라본다. 참! 세상은 많이 좋아졌다. 한편으로 마음이 씁쓸하다.

어린 시절, 우리 남매가 다녔던 학교는 집에서 오 분 거리였다. 제2훈련소가 보이는 곳에 살았던 우리에게 기상나팔 울리는 시간은 시계보다 더 정확했다.

우리는 오전 훈련을 마치는 나팔 소리를 듣고 집으로 허겁지겁 뛰어가 점심을 먹었다. 식사를 마치고 한숨 돌리면 수업을 알리는 종이 울렸다.

방과 후에는 친구들과 거북이처럼 장난치며 느릿느릿 걸었다. 그것도 싫증나면 신작로에 먼지가 풀풀 나게 고무신을 질질 끌며 다녔다. 또 어른들도 겁을 내는 외나무다리를 촐싹대며 극장 프로를 보러 다녔다. 또 북적이는 장날은 시장 통에서 장꾼들의 볼거리에 시간 가는 줄 모르고 노닥거리기 일쑤였다.

집에 일찍 오는 날은 마루에 책가방을 팽개치고 밖으로 나갔다. 삼삼오오 짝을 지어 남자는 딱지치기와 구슬치기 말뚝 박기, 여자는 고무줄놀이와 사방치기, 땅따먹기를 주로 했다. 추운 겨울에는 외풍이 심한 방 안에서 손을 호호 불며 윷놀이와 공기를 즐겼다. 도구가 시원치 않아도 시간 가는 줄 모르고 또래들과 놀았다. 해가 저물면 이 골목 저 골목에서 엄마들이 아이들을 부르는 소리가 메아리쳤다.

들녘이 황금벌판으로 물들면 아이들은 빈 병 들고 들로 나갔다. 메뚜기를 쫓아 해 지는 줄 모르고 벼 이삭 사이를 쏘다녔다. 병에 가득 잡은 메뚜기에 펄펄 끓는 물을 붓고 마개를 닫았다. 물기를 털어 내고 쭉 뻗은 메뚜기를 프라이팬에 넣었다. 기름을 두르고 소금을 한 줌 넣고 다글다글 볶았다. 허기진 시절 그 고소한 맛은 어떠한 간식과도 비교할 수 없었다.

추수가 끝나면 살얼음을 밟으며 논바닥으로 갔다. 논바닥 여기저기에 구멍이 뿅뿅 나 있었다. 손가락을 구멍 속으로 쏘옥 넣으면 딱딱한 물체가 손끝에 닿았다. 손가락을 깔짝거리면 우렁이가 딸려 나왔다. 진흙 범벅인 우렁이를 집에 가져오면 엄마는 흙칠로 벗어 놓은 옷을 보고 잔소리와 군밤 몇 대를 주었다.

우렁을 넣은 된장찌개를 아버지는 맛있게 드셨다.

어린 시절, 들판에서 장터로 놀이 거리만 있으면 신이 나 어울렸던 벌거숭이친구들, 비록 공부는 부족해도 지금은 나름대로 다 잘살고 있다. 가끔 친구를 만나면 아련한 시절을 떠올리며 시간 가는 줄 모르고 이야기꽃을 피운다.

손녀딸만 해도 그렇다. 며느리는 시계 바늘 분침을 보며 아이들 하루 일과를 훤히 꿰고 있다. 방과 후 학원과 집을 다람쥐 쳇바퀴 돌 듯 다닌다. 그러다 귀가 시간이 늦어지면 핸드폰에 불이 난다. 물론 험한 세상이라고 하지만 공부에만 집착하는 부모가 안타깝다. 쉴 틈 없이 내몰리는 아이들은 자기밖에 모르는 사람이 돼 가고 있다. 며느리는 또 사람이 무서워 자녀들을 밖에 내놓을 수 없어 학원 보내는 게 더 안심 된다고 말한다. 사교육비가 대기 힘들어 맞벌이를 안 하면 생활할 수 없다는 푸념도 늘어놓는다.

얼마 전 며느리가 출장을 간다고 하여 작은아들 집에 머물게 되었다. 아침에 큰손녀를 시간 맞추어 등교시켰다. 뒤이어 작은 손녀를 유치원 차에 허둥지둥 태워 보냈다. 같은 시간에 제 어미도 출근시간일 터이니 상상만 해도 전쟁터와 다름없는 아침 풍경이다. 1인 4역을 해내는 며느리가 뼈만 남은 이유를 알 것 같았다. 아침에 출근하면 저녁이 돼야 얼굴을 마주 보는 아들 가족, 며느리는 끈끈한 정보다 남편이 하숙생처럼 보일 때가 많단다.

막내가 집에 오면 늘 하는 말이 있다. 자식들을 시골에서 키우고 싶다는 것이다. 공부도 중요하지만 자연을 만끽하며 뛰놀게 하고 싶단다. 어린 시절 자신이 겪었던 꿈 많은 추억을 딸내미에게 심어 주고 싶단다.

가끔 만나는 며느리들끼리 제 아이들 교육 문제로 대화를 나누는 걸 듣게 된다. 그들 대화의 핵심은 제 자식만은 최고로 키우고 싶어 하는 욕심이 엿보인다. 공부가 뛰어나 좋은 대학에 진학하는 것도 중요하지만, 억지 공부보다는 본인 특기를 살려 주라고 조언을 한다.

　손녀들이 코스모스 활짝 핀 등굣길을 재잘대며 걷는 모습을 도화지에 그려보고 싶어진다.

(2012.)

고무젖꼭지

지금 나는 손녀를 키운다. 요즈음 유아용품이 아주 많다. 아기를 위해 만든 것들 중에서 고무젖꼭지에 눈길이 간다. 반쯤 감긴 눈으로 잠투정하다가도 이 물건만 입에 넣어 주면 마술처럼 조용해진다. 아기가 꿈나라에서 천사를 만나게 해 주는 요술 도구와 같다.

고무젖꼭지를 보면 동생의 어린 시절이 떠오른다. 오물거리는 입술로 고무젖꼭지를 찾던 동생 모습과 할머니의 추억이 생각난다. 어머니가 쌍둥이 동생을 낳을 무렵 아버지의 사업 실패로 한창 어려울 때였다. 또 어머니의 건강 악화로 쌍둥이 남매 중 여동생은 솜털도 가시기 전에 외갓집으로 보내졌다.

냉장고는 물론 전깃불도 없던 아득한 시절이었다. 외할머니는 어려운 시골 살림에 그 어린 핏덩이에게 분유 먹일 여유조차 할 수 없었다. 희미한 등잔불 밑에서 외할머니는 화롯불에 밥을 끓였다. 푹 끓은 뽀얀 밥물을 체로 걸러 낸 다음 달달한 사카린을 섞어

젖병에 담았다. 그러면 동생은 엄마 젖인 양 쭉쭉 빨아대며 배가 불룩하도록 먹었다. 외할머니의 눈물겨운 정성으로 동생은 무럭무럭 자랐다.

동생이 점점 자라면서 멀건 미음이 양에 안 찼던지 긴긴밤에는 수차례 깨어 칭얼댔다. 외할머니는 궁여지책으로 젖병에서 고무젖꼭지를 빼내어 설탕을 살짝 찍어 입속에 넣어 주었다. 동생은 고무젖꼭지를 쪽쪽 빨다 새근새근 잠들었다.

어느 날, 집 안이 발칵 뒤집혔다. 달랑 한 개뿐인 노란 고무젖꼭지가 없어졌기 때문이었다. 넉넉지 못한 살림에 단 하나뿐인 젖꼭지였는데 다시 사려면 읍내까지 삼십 리 길을 걸어가야만 했다. 그런데 아무리 집 안 구석구석을 이 잡듯이 뒤져도 찾을 길 없었다. 이모들은 젖꼭지 잃어버린 죄로 외할머니께 야단맞고 대문 뒤에서 해가 뉘엿뉘엿 지도록 훌쩍였다.

온종일 가족들이 젖꼭지를 찾다가 해 질 녘이 되었다. 외할머니는 아기를 목욕시키려고 옷을 벗기는데, 아뿔싸! 온종일 찾던 노란 젖꼭지가 아기 가슴에 끈적끈적한 찰떡처럼 붙어 있었다. 잠투정하는 아기를 달래려고 젖꼭지에 설탕을 찍어 입에 물렸는데 아기가 잠든 사이 입에서 빠져 헐렁한 옷속으로 들어간 모양이었다.

어려운 가운데 손녀를 애지중지 키웠을 외할머니는 친척들 모임에서 어른이 된 동생과 자주 만났다. 그때마다 외할머니는 울보 동생 키울 때 이야깃거리로 고무젖꼭지를 떠올렸다. 동생은 배시시 웃으며 외할머니의 주름진 손등을 자기 얼굴에 갖다대는 것으로 애정을 표현한다.

　지금 나는 외할머니의 인자한 얼굴을 떠올리며 예쁜 우리 아기에게 물릴 고무젖꼭지를 정성껏 씻고 있다.

(2014.)

요령성에서 온 사내

오래 전 중국과 문화가 개방되면서 조선족들이 동기간이나 친척을 만나러 한국에 많이 왔다. 이웃 사는 남희 씨네도 언니와 조카가 요령성에서 오십 년 만에 형제들을 찾아왔다. 이웃 언니와 나는 소문을 듣고 호기심이 났다.

언니와 조카를 위해 남희 씨는 음식을 많이 준비했다고 이웃집 언니와 나까지 초대를 했다. 문을 열고 들어간 방 안은 발 디딜 틈이 없었다. 남희 씨 오 남매 자녀와 손녀들도 보였다. 인근에 사는 남희 씨 오라버니와 조카들도 와서 이야기꽃이 한창이었다.

처음 본 그 사내와 어머니에게 짧은 인사를 주고받았다. 남희 씨는 이웃언니와 나를 친동기간이나 다름없다고 소개를 했다. 벌떡 일어나더니 사내는 본인은 요령성에서 왔다고 공손히 고개를 숙였다.

낮은 천장이 닿을 만큼 사내는 키가 컸다. 또 톤이 높은 경상도 억양에 북한 사투리를 쓰고 있었다. 사내가 말할 때마다 다른 세상에서 온 사람처럼 툭툭 튀어나오는 북한말이 생소해 자꾸 사내 입만 쳐다봤다. 또 좁은 방 한쪽에 이불 더미처럼 싸 놓은 보따리는 아마 그들이 가져온 듯했다.

남희 씨네 부모님은 일제 강점기 때 온 가족이 경상도에서 만주로 이주를 했다. 일제의 수탈을 견디다 못해 새로운 보금자리를 찾아 떠났던 것이다. 만주에서 살 때 기억을 남희 씨는 어렴풋이 떠올렸다. 해방이 되고 부모님은 고향을 찾아 상주로 오면서 결혼한 두 언니는 만주에 남겨 두고 막내인 남희 씨와 오빠들만 데리고 왔다고 한다.

해방되던 해 만주에서 언니와 헤어진 부모님은 다 돌아가시고 남희 씨는 환갑 가까운 나이에 언니와 만나게 되었다. 꽃다운 나이로만 언니를 기억했던 남희 씨였다. 지금 팔순인 언니를 바라보면 어머니 모습이 떠올라 가슴이 뭉클하다고 했다.

어느 날, 남희 씨가 우리 집에 찾아와 걱정 보따리를 풀어 놓으며 한숨을 쉬고 있었다. 조카가 중국에서 올 때 빚을 얻어 약을 몇 보따리 사 왔다고 했다. 그때만 해도 한국 관광객들이 중국 청심환이나 약을 좋아해 잘 팔릴 거라고 믿고 있었다. 막상 와서 보니 예상과는 달리 친척 핑계로 많은 중국 교포들이 경쟁을 하듯 약을 팔러 다녔다. 말솜씨 없고 숫기 없는 사내에게 약 장사는 큰 무리였다.

약을 못 팔면 중국에서 빚으로 사 왔기 때문에 집에도 갈 수 없다며 언니는 식음을 전폐하고 누워 있단다. 사연이 참으로 딱했다. 모처럼 마주앉아 걱정만 늘어놓는 자매의 심정이 안타까웠다.

　그날부터 이웃집 언니와 함께 가까운 주변 사람들에게 그 사내의 딱한 사정을 이야기하고 다니며 약을 팔아 주기로 했다. 아는 사람들은 중국산 청심환이란 말에 어느 정도 호응을 했다. 요령성에서 온 사내도 우리들이 적극적으로 나서자 용기를 얻고 친척집을 돌아다니며 팔았다. 그런데 엄청나게 많은 물건이라 다 파는 데 무리였다.

　이웃 언니와 약을 팔아 주면서 사내의 힘든 속내를 들어 주는 사이가 되었다. 사내는 중국에 아내와 두 형제를 두고 있었다. 물론 양친 부모도 모시고 살았다. 우리가 공산국가라 생각했던 것과는 달리 넉넉하지는 않지만 그런대로 다복하게 사는 듯했다. 서로 많은 이야기를 주고받으면서 나이도 비슷해 친구처럼 지내기로 했다.

　어느 날, 서울에 사는 외삼촌이 왔다. 외삼촌과 숙모는 서울에서 마당발로 통하고 있었다. 또 정도 많은 분들이어서 그 사내의 딱한 사연을 이야기하면 들어줄 것 같았다. 외삼촌과 남희 씨 역시 우리 집에 다니면서 평소 가깝게 지내고 있었다. 사내를 불러 삼촌을 소개시켰다. 이것저것 물어 본 후 삼촌은 전화번호를 건넸다. 사내는 구세주를 만난 듯 몸둘 바를 몰라했다. 그 후 사내는 삼촌 집에 들락거리며 거의 다 팔았다는 소식을 전해 왔다. 또 가족들이 있는 품으로 돌아간다는 반가운 소식을 남희 씨가 전했다.

보름달이 대낮처럼 환하게 세 사람의 그림자를 따르고 있었다. 중국 갈 날을 앞두고 무료하게 보내는 사내와 우리는 초등학교에서 벌이는 지역민들 노래자랑에 구경을 갔다. 이슥한 밤 구경을 마치고 오솔길을 걷고 있었다. 사내에게 철원에서의 마지막 밤을 추억으로 만들어 주고 싶었다. 사내를 따라가며 노래를 부르라고 했다. 사내는 부끄러워하며 손을 마구 내저었다. 언니와 나는 박수를 치며 장단까지 맞추었다. 사내는 못 이기는 척 빼다가 노래를 부르기 시작했다.

처음에는 고향 노래를 두 곡 연속해 구수하게 뽑았다. 그러더니 알아듣지 못하는 중국 노래를 여자의 간드러진 목소리로 흉내를 냈다. 중국에 두고 온 아내와 자식이 생각나는 듯 목소리가 촉촉이 젖어 들었다.

그는 중국 요령성에 여행 오면 꼭 연락하란다. 고향에서 받은 따뜻한 정을 오래 간직하고 싶다며 악수를 청했다. 약 팔아 번 돈으로 아들 장가보내고 새집도 짓는다고 그는 부풀어 있었다.

소박한 꿈이 꼭 이루어질 것이라 믿으며 사내의 투박한 손을 힘껏 잡았다.

(2015.)

전생의 은인

"엄마! 빨리 퇴원해서 막내랑 화투 쳐야지…."

고개를 끄덕이던 할머니는 손을 벌벌 떨며 화투를 잡았다. 흰 침대 커버가 방석인 양 화투장을 내려놓고 치는 시늉까지 했다. 사내의 졸랑거림에 마냥 신이 난 할머니, 꼭 천진난만한 우리 아기 모습이었다.

할머니에게는 사연이 있었다. 할머니 부부에게 알토란 같은 삼형제가 있었고 젊은 시절에는 과수 농사에다 논과 밭이 꽤나 있어서 남부럽지 않았다. 자식들 뒷바라지가 끝날 무렵, 불어 닥친 도시 개발로 할머니는 재벌 부럽지 않은 재산까지 생겼다. 큰 건물도 마련하고 아들 사업자금까지 대주며 여유로운 생활을 즐기고 있었다. 할머니는 한울타리 안에 큰아들 집과 나란히 집을 지었다. 담장 밖 가까이에는 언제든지 볼 수 있도록 나머지 두 아들 집까지 마련해 주었다.

그러던 중 할머니에게 뜻하지 않은 불행이 찾아왔다. 온몸이 서서히 굳어 가는 파킨슨병으로 점점 거동이 불편해졌다. 그렇게 입담 좋은 할머니 말도 어눌해졌다.

삼 형제는 노환으로 수시로 병원에 드나드는 부모님을 위해 간병인을 고용했다. 부모님을 편안히 모시는 조건으로 간병인에게 많은 월급까지 서슴없이 지불했다. 또 필요한 물품을 마음껏 살 수 있는 현금 카드도 만들어 주었다. 간병인은 생글생글 웃으며 할머니가 필요한 최고급 용품들을 사 날랐다. 거동이 불편한 환자가 물 없어도 사용하는 샴푸를 처음 그녀로부터 알게 되었다. 간병인은 내 머리를 물 없이 감는 샴푸로 할머니가 잠든 틈을 타 감겨 주었다. 샴푸에서 풍기는 허브 향기가 날아갈 듯 시원했다. 간병인이 나에게 서슴없이 머리를 감겨 주는 손길로 할머니에게 마치 귀한 도자기가 깨어질세라 온갖 정성을 다했다.

내가 여러 날 지켜본 할머니 아들들은 밤낮으로 번갈아 드나들었다. 그리고 할머니의 잃어버린 기억을 찾아 주려고 화투까지 가지고 왔다. 어떤 날은 어린아기가 엄마에게 매달리듯 장성한 아들이 젖가슴도 만지고 입맞춤도 서슴없이 해댔다. 또한 구부러지지 않는 할머니의 뻣뻣한 팔다리를 마사지하는 아들들, 효심이 너무 지극해 병실 사람들은 칭찬을 아끼지 않았다.

처음엔 밤낮으로 번갈아 찾아오는 자식들에게 다른 흑심이 있는 줄 알았다. 뉴스나 장례식장에서 심심치 않게 접하는 사건들 때문에 색안경을 쓰고 봤다. 부모가 병석에 있거나 돌아가시면 상도 치르기 전에 자식끼리 재산 다툼이 벌어지는 세태가 아니던

가. 부모가 피땀 흘려 모은 재산 때문에 결국 자식 사이가 갈라지고 패륜아까지 되는 안타까운 사연들이 많지 않던가. 그래서 병실에 들락대는 아들들의 행동을 의심의 눈초리로 지켜보았다.

할머니 집에서 살림해 주던 간병인 말을 들어보면 자식들의 부모 사랑이 한결같다고 했다. 또 병실에서 하는 행동들이 평소에 집에서 모자들이 생활하던 삶의 모습 그대로였다.

파킨슨병으로 입 근육도 서서히 굳어 가는 할머니, 오늘도 아들 귀에 바짝대고 소곤댄다. 갑자기 껄껄대는 아들과 살짝 미소 짓는 노모, 아마 전생의 은인이 만나 자식으로 환생한 사이 같았다.

나도 할머니처럼 든든한 삼 형제를 두고 있다. 할머니 자식만은 못하지만 내가 수술할 때마다 내 곁을 지켜주며 번갈아 간호도 한다. 때로는 딸 없는 엄마 불쌍하다며 명절에 옷 사 주는 자식도 있다. 가끔 친구처럼 속내를 털어 놓는 자식들이 나를 끔찍이 위한다. 키우면서 남들처럼 호강은 못 시켰고 남겨 줄 재산도 없다. 그렇지만 세월이 더 가기 전에 자식들에게 꼭 하고 싶은 말이 있다.

'내 자식으로 태어나 줘서 고맙다.'

(2015.)

봄을 기다리며

밤새 창문을 흔드는 바람소리에 선잠을 깼다. 온몸을 감싸는 싸늘한 방 안 공기에 보일러 스위치로 손이 가다 불현듯 스치는 생각에 손을 내려놓는다. 거실 한쪽에는 늦가을에 동생이 선물한 철쭉이 아침 햇살에 화사하게 피었다. 신부처럼 활짝 핀 꽃망울에 코끝을 대며 봄이 오기를 기다리고 있다.

혹독한 추위에도 아랑곳하지 않고 컨테이너를 보금자리 삼아 살고 있는 어떤 분의 소식을 들었다. 그분만 생각하면 가슴 한쪽이 싸늘한 겨울바람으로 채워졌다. 그분은 컨테이너에서 겨울밤을 보내며 문틈으로 새는 바람에 작은 온기마저 빼앗겨 버렸다. 싸늘하게 식어 가는 몸을 여러 겹의 옷으로 무장했다. 이불 속에 바라본 천장은 하얀 성애로 덮여 가로등 불빛에 반짝거렸다.

그는 한때 부족함 없이 지냈는데 갑자기 몰아닥친 사업 실패로 경제적 손실과 가정 파탄까지 겪었다. 그는 마음과 몸이 황폐해져 있는데, 설상가상으로 내 몸같이 믿고 아꼈던 사람에게서 배신까지 당하면서 삶을 포기하려는 생각도 했었다. 그때마다 외아들인 자신을 하늘처럼 믿고 기다리는 팔순 노모를 생각하며 이를 악물고 참았다.

그분은 가족의 축복 속에 맞이해야 할 생일상 앞에 혼자 덩그러니 앉았다. 허기진 아침을 라면으로 때우다 말고 벌떡 일어나 어머니 계신 곳을 향해 큰절을 올렸다. 절을 마치자 터져나오는 서러움이 꾸역꾸역 올라왔다. 초라한 생일상 앞에 그는 빈 잔을 두 개 놓고 '그래! 오늘같이 좋은 날 너도 한 잔 나도 한 잔 취해 보자.' 하며 빈 잔을 들었다. 한때는 귀공자처럼 살았던 자신과 현재 빈 껍데기만 남은 본인을 향해 위로의 잔을 주고받고 있었다.

삼 년을 악몽 속에서 방황하던 그는 젊은 시절 갈등하며 떠났던 종교의 힘과 곁에서 묵묵히 용기를 북돋워 주는 친구가 있어 혹독한 겨울 추위에도 밝은 웃음만은 잃지 않고 지내고 있다. 꿈속 같았던 화려한 지난 시절을 기억에서 하나씩 지워 버리며 밑바닥부터 차근차근 쌓아가고 있다.

한파로 식수까지 끊긴 보금자리에서 멀리 떨어진 약수터로 양손에 물통을 들고 휘파람 불며 가는 그의 뒷모습에서 새 희망이 꿈틀대고 있었다. 힘든 삶을 견디는 그를 보면 따뜻한 방에서 반팔 차림으로 생활하는 내 자신이 부끄러워 올 겨울 보일러 온도계를 낮추며 생활하고 있는 것이다. 또 평상시는 물 귀한 줄 모르고 흘려버리기 일쑤였는데 이제는 물 한 방울도 소중히 아끼며 생활하고 있다.

올해는 육백 년 만에 돌아오는 황금 돼지해다. 새롭게 날갯짓하는 그에게 용기와 희망의 불빛이 가득 비춰주길 바란다. 오랜 숙원이었던 봉사자 길을 보람 있게 가길 응원해 주고 싶다.

그분에게는 삶의 용기와 끈이 될 수 있는 연탄과 난로를 선물했다.

봄을 기다리는 마음을 아는 듯 새해 아침 창가에 화초들이 일제히 꽃망울을 터트리며 봄을 재촉하고 있다.

(2008.)

겨울 첫나들이

그녀가 놓고 간 보라색 카드에서 파란 지폐가 방바닥에 주르륵 떨어진다.

"저는 글을 잘 못 쓰오. 언니 죄송해요."

여러 번 지웠다 쓴 흔적이 보였다.

동생을 따라 김장하러 온 그녀를 알고 지낸 지 꽤나 오래 되었다. 예전에 동생이 쪽방에 살았을 때 그녀를 만났다. 항상 나를 만나면 친언니처럼 따르며 생글생글 잘 웃었다. 그녀 남편도 술을 좋아하지만 건실한 사람으로 보였다. 우리 집 경조사 때마다 참석하는 그의 부부가 남 같지 않았다.

몇 년 만에 온 그녀는 통통하고 귀여운 모습은 온데간데없었다. 이곳저곳 성형한 얼굴에 날씬한 몸매까지, 낯선 곳에서 마주치면 몰라볼 정도로 변해 있었다.

김장을 마치고 동생과 저녁 먹으러 나갔는데 그녀가 갈비와 육회, 비싼 소고기까지 골고루 주문하는 것이었다. 술도 곁들여 마셨다. 평소에 속내를 드러내지 않던 그녀가 알코올이 들어가자 가슴속에 묻어 두었던 사연들을 봇물처럼 쏟아냈다.

그녀의 삶은 참으로 기구했다. 아버지라는 단어조차 모른 채 반평생을 살았다. 그녀 어머니는 처녀 몸으로 유부남에게 속아 그녀를 낳았다. 그 남자에게 속은 걸 알자 어머니는 핏덩이를 친정 노모에게 팽개치고 집을 나갔고 그녀는 이모와 외할머니 손에서 호적도 없이 십여 년을 살았다. 뒤늦게 초등학교 입학 때문에 어쩔 수 없이 엄마 성씨로 호적을 만들었다.

가난한 살림에 초등학교에 입학했어도 그녀는 제대로 학교에 다닐 수 없었다. 외할머니를 따라 산으로 들로 다니며 돈을 벌어야 했다. 봄에는 나물을 캐고, 가을에는 도토리 줍는 일을 도왔다. 먹을 게 없어 배를 수없이 곯았다. 어느 날은 쉰 보리밥을 물로 씻어 먹기도 했다. 그래도 견딜 수 있었던 건 외할머니의 따뜻한 정이 끝없는 허기를 채워 주었기 때문이었다.

집에서 고생을 견디다 못한 이모는 객지로 나가 미용 기술을 배워 남자를 만났다. 결혼한 이모는 미용실을 운영하면서 그녀를 데려갔다. 추운 겨울, 손발이 터질 정도로 이모가 그녀에게 혹독하게 굴었고 철이 들면서 그녀는 이모 집을 뛰쳐나왔다.

서울로 올라온 그녀는 직장에서 지금의 남편을 만났다. 자신이 못 배운 한이 있어 고등교육을 받았고, 밥 안 굶기겠다는 말에 귀가 솔깃해 결혼을 승낙했다.

어려서부터 한 번도 어깨를 못 펴고 살았던 그녀는 남편을 만나서도 또 주눅이 드는 생활로 이어졌다. 병든 시어머니와 시집 식구들 뒷바라지에 허리가 휘도록 일을 해냈다. 술버릇이 고약한 남편의 발자국 소리만 들어도 심장이 벌렁거렸다.

그녀는 남매를 낳도록 남편과 여행 한 번 간 적 없었다. 우리 집으로 김장한다는 핑계를 대고 겨울나들이를 나온 것이 첫나들이라 했다. 하룻밤 밤 묵는 동안 숨통이 탁 트여 하늘을 날 것 같다고 했다.

빈 술잔이 채워질 때마다 지난 이야기를 하는 그녀 눈에서 떨어지는 이슬은 주름을 타고 흘러내렸다. 어려서부터 모진 삶을 살아온 그녀에게 내가 해줄 수 있는 이야기가 있었다.

내가 뒤늦은 나이에 글공부를 어렵게 시작한 사연이었다. 지금까지 녹록치 않은 삶을 견뎌냈던 힘이 자식이었다는 말도 나는 아끼지 않았다. 그녀에게 주눅 들지 말고 당당히 살라면서 격려했다.

식사를 마치고 집으로 오는 동안 마신 술을 이기지 못하고 도로가에서 그녀는 꾸역꾸역 토했다. 집으로 와 활명수를 주고 바늘로 사관을 따고 따뜻한 곳에 이부자리를 펴 주었다. 아침에 시원한 홍합국을 먹고 난 그녀는 소화제를 또 찾았다. 얼마 전 병원에서 지어 온 위장약 한 박스를 건넸다.

"언니! 위세척을 하다 보니….."

가슴이 철렁 내려앉았다.

"그랬구나! 얼마나 힘들었니? 이제 다시는 바보짓 하지 말고 착한 아이들 바라보며 열심히 살아."

그녀의 가녀린 어깨를 토닥거렸다. 그녀는 결혼 적령기를 앞둔 딸과 군대 다녀온 아들 이야기만 나오면 신이 났다. 지난 가을 입원해 있을 때 디자이너로 일하는 딸이 남편 몰래 적금 탄 돈으로 병원비 대주었다고 은근히 자랑도 했다. 또 딸은 늘씬하고 이목구비가 뚜렷해 미인이라고 곁에 있는 동생이 말하자 입가에 미소가 번졌다.

우리 집 온다고 그녀는 자기 집 냉장고를 뒤적이며 가져올 것을 찾았단다. 친정집에 오는 것처럼 바리바리 챙겨 온 그녀에게 보답으로 먹음직스런 김치와 햅쌀을 차에 실어 주었다.

그녀는 입고 온 보라색 조끼와 촘촘히 박은 루비바지까지 선물을 했다. 그리고 두고 간 이 돈은 아마 얼굴도 모르는 친엄마에게 평생 주고 싶었던 용돈이었을 것 같다는 생각에 가슴이 젖어든다.

(2012.)

철원은 제 2의 고향

'오늘이 보름인가!' 창문을 내다보니 보름달보다 환한 불빛이 보인다. 야간 훈련을 하는지 콩 튀는 소리까지 적막을 깨트린다.

철원에 살다 보니 총소리는 물론 지척을 흔드는 포를 쏴도 눈 하나 꿈쩍 않는다. 그만큼 오랜 세월 겪다 보니 무딘 사람이 되었다.

꽃다운 나이에 남편 따라 철원에 왔을 때 밤이 제일 무서웠다. 군인이었던 남편은 철책 근무를 나가면 열흘에 한 번씩 집에 왔다. 그래서 혼자 있는 시간이 많았다. 바람 부는 날은 대성산에서 왕왕대는 대남 방송 소리가 지척인 듯 들려 금방이라도 북한군이 총부리를 들이댈 것만 같았다. 날만 어두워지면 문이란 문은 꼭꼭 걸고 두려움에 떨었다.

그것뿐인가, 생활도 불편한 점이 한두 가지가 아니었다. 날이 어둑해지면 검게 그을린 호야등 닦는 게 일이었다. 호야를 잘못 닦다 손이 찢기고 유리가 깨어지는 날이면 그을음이 온통 방 안을 뒤덮었다.

　겨울이 유난히 긴 이곳 날씨에 항상 웅크리고 아랫목만 찾다가 온돌이 싸늘히 식어지면 부엌으로 나가곤 했다. 아궁이에 타다만 장작불에서 나는 연기가 눈을 콕콕 찔러대서 눈동자가 빨간 토끼 눈으로 만들었다. 그것도 모자라 비료 포대로 얼기설기 만든 주방 문짝은 밤새 귀가 따갑도록 펄럭거렸다.

　또 물이 귀한 곳에 살았기에 추위가 찾아오면 빨랫감을 가지고 개울을 찾았다. 목이 휘도록 이고 간 빨래를 김이 모락모락 피어오르는 빨래터에 내려놓았다. 손등이 벌겋도록 비벼대며 방망이질하던 지난날이 엊그제만 같다.

　가끔은 힘들었던 추억들이 남아 마음이 쓸쓸할 때 화강 둑을 거닐며 그 시절을 떠올린다.

　요즘에 우리 가족은 휴가철에 맞추어 화강을 찾는다. 아이들과 파리낚시와 어항으로 잡은 물고기를 냄비에 보글보글 끓여 꿀맛나게 먹는다. 화강에 몸 담그고 젊은 날을 그리워하며, 손녀들과 땅거미 지도록 물장구치며 까르르댄다.

　강산도 변한다는 세월을 여러 차례 넘다 보니 철원은 수도권과 가까운 거리로 변했고, 도회지에서 맛볼 수 없는 신선한 공기까지 가슴속을 파고드는 나의 제2의 고향이다. 계절의 변화에 따라 내 정원인 산과 들에 초록 물결이 춤추고 이내 붉게 물들면 철새들이 떼 지어 철원 들녘을 찾아온다. 철원 평야의 기름진 오대쌀은 농민들에게 풍요로움을 선사하고, 들판은 철새들의 낙원이 되어 주니 천혜의 낙원이다.

철원은 자식들의 태를 묻고 부모님을 모셔 와 공원묘지에 뼈를 묻은 곳이기도 하다. 남편의 고향이 지척인 이곳 철원에 내 정신의 마지막 끄나풀까지 땅에 묻을 것이다.

(2012.)

체험학습장

명절 전날 자식들과 손녀들을 앞세우고 체험 학습장에 갔다.

언덕길을 낑낑거리며 오르면서 자식들은 삼복더위에 어미가 잡초 뽑고 가꾼 지뢰꽃길을 궁금해 했다.

긴 가뭄에 활짝 피었던 꽃들은 장마에 많이 망가져 있었다. 그나마 듬성듬성 핀 꽃들이 그런대로 산책길에 볼거리를 주었다. 철조망 사이로 비집고 나온 잡초들이 씨가 많이 맺혔다. 나는 꽃길에 올 때마다 하던 습관대로 잡초를 뽑으며 걸었다.

회원들과 흘렸던 땀방울이 송골송골 맺혀 있는 지뢰꽃길을 신이 난 손녀들이 온통 휘저었다. 앙증맞은 손녀들은 할머니의 시화 앞에만 가면 발길을 멈추고 까치발을 했다. 익살맞은 포즈를 취하는 꼬맹이들 모습에 웃음이 절로 나왔다. 손녀들은 무슨 할 말이 그리도 많은지 재잘재잘 걷다가 낙엽 틈에 살짝 숨어 있던 산밤을 발견하고 줍기에 정신이 없었다. 작은 눈을 반짝대며 까만 밤톨과 알밤을 골라내는 손녀들 주머니가 금새 불룩해졌다.

잠자리처럼 훨훨 날갯짓하며 소이산 지뢰꽃길 올라가는 손녀들을 뒤따라갔다. 손녀들에게 하고 싶은 말들이 가슴속에서 솟구쳐 올랐다.

　아가들아! 이곳은 문학을 사랑하는 분들이 손끝으로 가꾼 길이란다. 낼 모레면 회갑인 할미가 우리 손녀들에게 아무것도 자랑할 게 없었는데, 다행히 꼭 보여 주고 싶은 곳이 생겨 기분이 좋단다.

　먼 훗날 할미가 너희들 곁을 떠나고 없을 때가 온단다. 그때 내가 생각나면 소이산 지뢰꽃길을 찾아오면 만날 수 있을 거다. 땀방울로 얼룩진 아름다운 꽃길에 내 숨결이 살아 있는 곳, 또 철조망 시화들이 우리 손녀들을 활짝 웃으며 반길 거야.

　할미는 우리 오 공주만 보면 서운하기보다는 내 편이 많아져 세상 부러울 게 없단다. 너희들 초롱초롱한 눈빛을 가슴에 담고, 오늘 할미와 손녀의 인연을 글로 남겨 두고 싶구나. 세상에 할미가 없을 때 내 글을 읽고 오늘같이 화창한 가을날 소이산 지뢰꽃길로 다시 찾아와 나를 기억해 주렴.

　오늘 너희들과 걷던 소이산 지뢰꽃길, 전쟁 때 죽은 영혼들에게 할미와 정춘근 시인이 제사 지냈던 일도 기억하겠지.

　또 제 올린 과일을 산토끼처럼 갉아먹던 도경이, 핑크빛 입술에서 사과 향이 할미 코끝을 찌르는구나. 다람쥐처럼 폴짝대던 서진이는 배가 고프다고 할미를 졸랐다. 제사가 끝나자마자 부침개를 꾸역꾸역 먹어 걱정도 되었는데, 숲 속 광장에서 언니들과 술래놀이에 소화를 다 시켰구나.

평소에 말없던 보경이도 활짝 핀 국화 향에 취했는지, 겨울잠에서 깨어난 개구리 입이 떨어져 수다쟁이가 되었지. 든든한 우리 큰손녀 뭐가 그리 궁금한지, 대답하기 귀찮을 만큼 묻고 또 묻는다. 그래도 할미는 너희들 재잘대는 목소리가 나뭇가지에 앉은 새들이 수다 떠는 소리처럼 예쁘게만 들리는구나. 아빠가 앞세우고 아장아장 올라오던 규리는 시샘하는 가을바람 품에 포근히 잠들었구나.

노란 국화가 만발한 문학비를 배경삼아 사진 찍는 손녀들, 먼 훗날 어른이 된 너희들은 희미해진 기억 속에 할미를 가끔 떠올리겠지. 그리고 문학비 주인이 노벨문학상 탔다는 꿈같은 소식을 전하러 오겠지. 할미와 추억이 서린 소이산 지뢰꽃길로 숨을 헐떡이며….

(2012.)